金原亭伯楽

落語小説

柳田格之進

本阿弥書店

落語小説・柳田格之進

落語小説・柳田格之進　＊目次

装幀　渡邉聡司
カバー装画　歌川広重「名所江戸百景」
亀戸《かめいど》梅《うめ》屋敷《やしき》
大はしあたけの夕立

落語小説・柳田格之進

一　消えた五十両

一昨夜の中秋の名月の冴えといい、昨夜の十六夜《いざよい》の月の輝きといい、名状しがたい美しさであったが、秋の好天は三日と続かず、今朝の天空は信じられない位、暗い曇天だった。

小間物屋の行商を生業《なりわい》としている彦丸にとって雨降りは苦手だ。道を商いで流していても呼び声を掛けられることも無く、一日中無駄脚を踏んだこともままあるからだ。たまに声を掛けられ、商いをするにも荷に掛けた合羽《かっぱ》の始末に手間がかかる。

頼まれ物の石鹸の包みを手にすると「今日は用足しだけにしておこう」と一人ごちて天を仰ぎ、笠と蓑を付けただけの雨支度で東本所の立花村を出たのが五つ半（午前九時）過ぎだった。

早くも小糠雨《こぬかあめ》が舞い降りてきた。北十間川に架かる福神橋を南にわたり、橋のたもとを右に折れて川添の道を西へ取った。行く先は浅草花川戸。

柳島で南北に掘られた横十間川が東西に掘られた北十間川に合流、ここより西の大川《おおかわ》

（隅田川）に続く北十間川は業平《なりひら》で横川と合流。その先は源の森川と呼び名が変わる。

彦丸は源の森川沿いに進み、大川に架かる吾妻橋《あずま》へと足を速めた。

小糠雨はまだ降り続いていた。寒くはない。薄煙が立ち込めた様な大川の景色の中、荷を満載にした船が上下していた。

吾妻橋を渡った彦丸は、花川戸の「刃物や　小鉄」と太文字で書かれた腰高障子の前に立った。ここの鍛冶屋を教えてくれたのは宮大工の政五郎棟梁で、元は腕のいい刀鍛冶だったそうだ。時代の変遷に伴い、需要の減った武士の腰のものより庶民に喜んでもらえる日用品や職人の使う刃物などを拵える鍛冶屋になったとか。従って鋼の良さと長持ちする切れ味が、評判の店だった。

蓑笠を脱いだ彦丸が、それを軒下に吊るして、

「御免ください」

と声をかけて腰高障子を引く。そこはいきなり十畳ばかりの土間で、正面に鞴《ふいご》が置かれ、炭火の熾《お》きた焼き入れ場のある作業場だった。室内は外よりかなり暖かい。右の壁に沿って白木の棚が目の高さぐらいまで三段に作られ、そこには注文品の出来上がった品が幾つか置かれていた。

作業場の鞴《ふいご》の脇に座っていた親方が首を回して彦丸を確認すると、無愛想に立ち上がり
「出来てるよ」

と言って、白木の棚から見慣れない型の包丁を一本手にして彦丸の傍にやって来た。

親方は年の頃なら四十半ばか、股引と腹掛けの作業着で、小太りの体形、頭はすでに禿げ上がり、形ばかりの髷《まげ》がのっていた。

「魚も捌《さば》けて、菜っぱも切れる様な包丁をと言われたって初めてだからね。さきが尖ったぶん菜っきり包丁より細身になったが、どうかね？」

と、親方は彦丸に注文の品を手渡した。

新品の包丁を手にした彦丸は、

「親方、たいしたもんですね。大きさといい、重さといい、魚も菜も切れる。使い勝手がよさそうだ。これなら長屋のおかみさん連中に喜ばれますよ」

「そうかい。気に入って貰って安心したぜ」

「時にお幾らお支払いしたらいいでしょう？」

「そうだね。初めての注文だし一分《いちぶ》も貰っておこうか。だが彦さん、お前さんがいくらで売ろうが構わないが、この品、うちでも売って構わないかい？」

「ええ、構いません。なぜそんな事をきくんです？」

「だって、こんな型の包丁を作れと言ったのはお前さんだからだよ。じゃあうちでは新作の包丁として二分《にぶ》で売るからね」

と、親方が言ってニヤッと笑った。

無愛想だが、正直で人の好さそうな所を感じた彦丸は、この親方とは長い付き合いになりそうな予感がした。

「じゃあ親方、頼まれていた石鹸、ここに置いときますから。お代はいりません。お礼です」

と、彦丸もニッコリ笑って言うと、新品の包丁を手ぬぐいにくるんで懐に突っ込み、腰高障子を後ろ手に閉めて外に出た。彦丸は蓑笠を付けると小雨の中、包丁の注文主の喜ぶ顔が早く見たくて脚を急がせた。

少し雨脚が強くなってきたようだ。彦丸は蓑の襟元を引き締め、浅草広小路の広い道に出た。雨の中でもさすが浅草寺の門前、人の行き来は多い。雷門を右に見てそこを斜めに突っ切り、東仲町の路地を左に入った。西仲町を通り、三間町に着いた。

長屋へ入る路地の左角にまだ若い桜の木が一本植えられている長屋があった。さくら長屋と呼ばれる建物で路地を挟んで四軒長屋が向かい合って建てられていた。路地の入口近くに井戸があり、その向こうへ溝板が続いている。桜の木の葉は少し色が変わり雨に震えていた。

彦丸が目指していた柳田様という浪人の長屋は右側の一番手前の家だ。浪人は年の頃は四十二、三か。十七歳になったばかりの美しいお嬢さんとの二人暮らし。お嬢さんの名は絹《きぬ》。懐にある包丁は先日彦丸がお絹さんから相談を受け、使い勝手のいい物を彦丸が考案して出来た品だった。

長屋の杉皮葺《すぎかわぶ》きの屋根に当たる雨脚の音が強くなってきた。彦丸が蓑笠を脱ごうと、柳田様の軒下に立った時、腰高障子の向こうから、お絹さんの何時にない強い口調の声を耳にした。

「お父様は私をおば様の家へやり、その留守にお腹をお召しになるお覚悟でございましょう。お父様が腹掻っ切って武士の赤き心をお示しになられても相手は町人。お父様の真心が通じる訳がありません。盗んだ事が発覚し、金が返せず、腹掻っ切ったと笑われるのが落ち。それでは犬死です」

「ならば絹。わしにどうしろと言うのだ」

「絹もこの長屋へ来て一年半、武士の世界にはない色々な事を学びました。若き女子は吉原とやらの遊郭に身を売れば大金を得ることができる事も知りました。私が泥水に身を沈め、五十両の金子《きんす》を拵《こしら》えます。その金子にてこの一難をやり過ごして下さい。お父様は未だ待望がお有りに成る身。犬死はいけませぬ。しかし、盗まぬ物はいずれ何処かから必ず出てまいりましょう。お父様の無実が判明した暁には、あの万屋《よろずや》の主人、番頭をキッチリ成敗なさいませ」

家の中は暫し沈黙の時が流れたが、

「だが絹、今日、明日の間に五十両の金子を工面することは無理であろう」

「ですから、明日の昼には手渡せると、万屋の番頭にお約束なさいませ。この近くに身売りの手助けをする女衒《ぜげん》が居ると聞いております。その者に話を持って行けば、明日の午前中にもその者がお金を作り持って参りましょう。お父様、私は死ぬ訳ではありません。私も生きてお父様の手助けをしたいのです。どうぞご決断を」

ここまで家の中のやり取りを聞いていた彦丸は、遂に蓑笠を付けたまま、

「え…御免くださいまし」

と、柳田家の腰高障子を開けてしまった。

向き合って口論していた父娘が、彦丸の声に振り向くとお絹さんが立って彦丸がいる傍に素早くやって来た。

「彦丸さん、申し訳ありませんが、今日はちょっと取り込んでおりまして」

彦丸はお絹さんの言葉を途中で引き取り、

「分かっております。お嬢さん。分かっている上でお節介をこの彦丸にさせてください」

と、声を潜めて後ろの腰高障子を閉めた。あっけに取られて彦丸を見つめているお絹さん。構わず奥に座っているこの家の主人に彦丸は話しかけた。

「柳田様、私は小間物屋の彦丸と申します。ご無礼は承知でお嬢様とのやり取りを外で障子越しに聞いてしまいました。お嬢様が五十両の金子《きんす》のために吉原に身を沈めるなど、とんでもない話です。その五十両は私が拵《こしら》えます。ですから詳しい話をお聞かせ願えませんか？」

暫し沈黙の後、

「しかし絹、赤の他人に事の成り行きなどを話して、助けを乞うなどと」

「いいえ、彦丸さんはただの行商人とは違います。色々困っている方たちの為に手をお貸ししている立派な方と他所からも伺い、私もその様なお方と思っております。お父様、お話だけでも聞いていただいたら如何でしょう」

「う〜む。溺れる者は藁をも摑むとの例。ここのところは藁を摑んでみるのも良しとせねばなるまい。しからば彦丸殿、先ずはお上がり下され」

彦丸は蓑笠を脱ぎ、濡れた足を拭うと部屋に上がり、この家の主と向き合って座った。そして、事の成り行きを柳田が静かに語り始めた。

その話の内容は、
柳田格之進四十二歳、代々彦根藩井伊家に仕える重臣。現当主は幕閣の重鎮にて江戸詰めが多く、お側近くに仕えていた柳田格之進が三十二歳の折、当主に清廉なる人格と秀でた才能と教養を買われ、江戸藩邸上屋敷にて嫡男六歳のみぎり教育係りを拝命された。若殿八歳の折より帝王学の教育をも命じられて熱心に教鞭を取ると、若殿も授業の内容を見事に理解し、ご成長なされた。若殿十五歳の元服を機に、教育係りを解かれる。この後、当主の命により藩財政の逼迫《ひっぱく》立て直しの為、国元に赴く。国元の勘定方《かんじょうかた》に務め、逼迫の要因を調べるにつれ、勘定方の上役数名が国元の豪商と癒着し、私腹を肥やしている事実を突き止める。その癒着が原因で藩の財政が逼迫していた。勘定役寄り合いの席で、これを発言、会議は紛糾し中断。翌日より柳田は疎外され、あげく刺客に襲われ、柳田暗殺の命が何処からか出ていることを悟る。

　柳田格之進、藩の財政を握る悪徳勘定役一掃には時間が必要と考え、一命を落としてはお家の役に立てずと、一時、藩政から身を引き、難を逃れるため脱藩を装い浪人となる。それでも国元に居れば危難に合うことも避けられずと、江戸の下町は浅草に身を隠した。この間、柳田と志を同じくする若手が、国と江戸藩邸に居り、柳田と連絡を取りながら、改革の機を窺っていた。

　謹厳な性格の格之進は江戸における仮住まいの中で読書三昧の日々、娘に「たまには気休めに、江戸の下町の散策にでもお出かけなさいませ」と言われ、運動がてらに大川《おおかわ》の土手辺りまで脚を伸ばし、下町の商店を覗いたりしていた。ある日、材木町の一角に碁会所を見つけ、好きな碁であったから足を踏み入れると、そこの世話人が大店《おおだな》の旦那と思《おぼ》しき品の好い方を格之進の相手として紹介してくれた。

　この人が花川戸の札差し業「万屋《よろずや》」の主人で萬兵衛。手合せをしてみると、恰好の敵手。日を決めてはこの碁会所で盤を囲っていた。

　その日も三局ほど盤を囲んだ。別れ際に万屋が、

「柳田様、この碁会所に来ても、お相手は毎度貴方様より他にはありませぬ。如何でしょう。次回は手前どもの家で打ちませんか。そのほうが周りに気も取られませんし、場代も掛かりません。是非そうさせて下さいませ」

この誘いを受けて柳田格之進、一瞬考えた。相手の商売は札差し業、親しくなっておかしな癒着は起きないか。だが、自分は浪人の身、碁盤を囲むだけの事に何の心配があろうかと考え、

「ならばお言葉に甘えて」

と、答えた。

「有難うございます。それでは明日、八つ時（午後二時）頃、手前どもより迎えの者を差し向けますが如何でしょう?」

「よしなに」

と、こんな成り行きで、三日と空けず二人が万屋の離れの間で碁盤を囲む運びとなった。これが梅雨時の事で、万屋と格之進との間にお互いの人間性に引かれ合い、武士と町人の間柄とはいえ入魂の仲となった。

万屋は格之進の人柄がよほど気に入ったと見え、格之進の長屋へ味噌や米、野菜など

「田舎から届いた品です。どうぞお使いください」などと使いの者に持たせてよこした。

格之進としては、謂れのない品を受け取ることは憚られたが、万屋に何か下心があるとも思えず、

「自分がいずれ世に出た折、恩返しをすればよかろう」

と、万屋の行為に甘んじていた。

月日の経つのは早いもので、暑かった夏も終わり、早、涼風の立つ候となっていた。

その日も八つ時（午後二時）頃より、七つ半（午後五時）頃まで万屋の離れで碁を打っていた格之進が、礼を述べて帰宅しようと立ち上がった時、

「柳田様、如何でしょう、明日は夜にお越し頂けませんでしょうか？」

と、主人の萬兵衛から声を掛けられた。

「はて、夜分にと申されたか？」

「はい、明晩は中秋の名月、手前どもも仕事は早仕舞いに致しまして、奉公人共々、月見の宴を催します。宜しかったらご一緒に月を愛で、一献差し上げたく存じますが、如何でしょう？」

格之進は一瞬考えた。武士たるものが、商家の接待に軽く応じて良いものだろうか？

常日頃より拙宅に好意を見せ、またこの度の誘い。しかし、浪人者の拙者に対し裏の魂胆が有るとも思えん。まあ、自分の帰参が叶った折に何らかの形で返礼が出来れば善いかと考え、答えた。

「はい、お邪魔をさせて頂きましょう」

「有難うございます。もし宜しかったら、お嬢様もご一緒に」

「それは娘に訊いてみなくては」

「ご尤も様で、お気が向きましたら、お気使いなくお運び下さいませ」

帰宅した格之進が、娘の絹にこの旨を伝えるとちょっとの間考える様な仕草を見せた絹が、

「お父様、絹はご遠慮させて頂きましょう。お父様のお遊び相手のお宅に娘の私がお呼ばれされてもお話しをするお相手も居らず、着てゆくお着物もありません」

この言葉を聞いた格之進が言葉に詰まった。これといった貯えもなく、同志からの僅かな仕送りの金子《きんす》で、家計のやり繰りをし、浪々の身の格之進の帰参を信じて、自分の面倒を見てくれている娘に済まない事を言ってしまったと気付いた格之進。娘に掛ける言葉もなく、その晩を過ごした。

あくる日、格之進は自分も万屋の招待を断ろうかと悩んだが、一度約束したことでもあると考え、日の暮れがた、一人で花川戸の万屋へ赴いた。

月の出の刻限に奉公人を交えて始まった酒宴の賑わいも、名月が中天に掛かると静かになり、縁側に飾られた芒《すすき》と三方盆《さんぽうぼん》にうず高く盛られたお団子、お盛ものとして栗、柿、きぬかつぎ等を前に、一同揃って月に向かってお祈りを捧げた。

やがて一同は酒宴の席に戻り賑わいが戻った。格之進は縁側で一人、月を愛でていたが、それに気付いた主が声を掛けた。

「柳田様、お月見も結構ですが、いつ迄愛でて居られましても月の形が変わる訳でもなし、離れで二人だけで一局、というのは如何でしょう?」

「おお、それも一興。では一盤手合わせを願いますか」

と、二人は離れの間に移り、真剣に碁盤に向き合った。

暫くしてこの家の番頭、源兵衛が離れに現れ、主の萬兵衛の耳元で何か囁いていた。これを聞いていた萬兵衛が源兵衛から、

「これは私が頂いて置きましょう」

と、何か袱紗《ふくさ》に包んだものを受け取り、

「柳田様、ちょっとお下へ、失礼を致します」

と、便所へ立って行った。

部屋に戻った萬兵衛と格之進の対局は続き、その晩の成績は一勝一敗。続きはまた後日と言うことで格之進は月光を浴びながら帰宅の途に着いた。

そして一夜明けた昨日の昼飯前、柳田が住まう長屋に、万屋の番頭源兵衛が顔を出した。

源兵衛が言うには、

柳田様が昨夜、主の萬兵衛と碁をお囲みの折、自分が主の元へ行き、袱紗に包んだ五十両の金子《きんす》を萬兵衛に手渡した。そこの所を柳田様は覚えていないかと、問うた。格之進は源兵衛が離れに来て何やら主と話をし、その後、便所へと、立って行ったのは覚えて居るが、それがどうかしたかと問うた。

源兵衛が申すには、今朝になってその五十両の包みが見つからないと、主が言う。自分は確かに萬兵衛に金の包みを手渡し、主も確かに受け取ったと言う。その金子は他所の店から入金されたもので、その金がないと番頭して、帳面が合わず困ってしまう。もしや、その袱紗包みを煙草入れか何かと間違えて、柳田が持ち帰ったのではないかと、尋ねた。

格之進はこれを聞き、大変腹が立ったが、そこは穏やかに、

「番頭さん、聞きようによれば、その金子《きんす》を私が盗んだ様に聞こえるが、そうなのかな？第一、わしは煙草を吸わん。煙草入れを持たんわしが、どうして煙草入れと間違える」

「これはどうも失礼を致しました。しかし、あの離れには手前どもの主人と柳田様のお二人きり、ことによると何かのお間違えでお持ち帰りではないかと」

この言葉を聞いてさすがの格之進も激昂した。

「黙らしゃい。おとなしく聞いて居れば、わしが盗んだと言わんばかりの言いよう。今は浪々の身とは言え、元は井伊家の重臣、無礼を申すと捨ておかんぞ」

「そんな風にご立腹では恐れ入ります。ですが、金子は手前どもの主と柳田様のお二人っきりの場で紛失しましたもの。それが無いとなると番頭の責任であたしが困ります。そこで一応、手前どもの方から奉行所の方へお調べを願い出ますが、そこの所はご承知願います」

この言葉を聞いて、格之進は一瞬次の言葉が出てこなかった。一息ついて、

「これ番頭、わしの言うことが信用できず、奉行所へ訴えて出ると申すのか？」

「はい、私といたしましても万屋の勘定場の一切を任されて居る身、五十両の行き場が分からないでは済まされません。一応、柳田様にもその儀はご承知の程をお願い致したいも

ので」

格之進は番頭にここまで言われて二の句が継げず、暫し考え込んでしまった。

自分は藩政改革を諦めて浪々している訳ではない。何時かは同志が改革にたちあがる。その時自分が先頭に立って事を運ぶために、今でも藩内の同志と連絡を取り合っている。その間に、藩政から離れていたとはいえ一時でも、盗みの容疑で縄目の恥辱を受けたとあらば、当然の無実が証明されたとしても、藩政に戻り改革の任に当たるわけには行かない。

格之進は切羽《せっぱ》詰まって、頭が混迷してしまい言葉に迷ったが

「番頭、よっく聞け、わしは天地神明に掛けて金子を猫糞《ねこばば》など致さん。そうかと言って奉行所で無実を晴らすとい訳にも行かんのだ。だが、万屋とわしとの二人っきりの場で五十両の金子が紛失したとなってはその方、わしへの疑いを解くわけにも参るまい。良いか、わしは決して盗んではおらん。おらんが、わしがその場に居たという身の不運。だから五十両の金子はわしが拵《こしら》え、その方に手渡す。だが浪々の身のわしの手元に金子は無い。金の都合を付けるまでの時間が欲しい。番頭、明日の七つ（午後四時）時分までには、五十両の金子《きんす》を作る目途をたてておく。そして、何時五十両の金をその方に手渡す事が出来るか考えておく。それでどうだ」

「有難うございます。そうして頂ければ私も大いに助かります。明日の七つ時分までにまた、顔を出させて頂きますので、どうぞよろしくお願い致します」

番頭は帰って行った。だが、格之進、その晩一睡もせずに五十両の金子をひねり出す算段をしてみたが、考え及ばず、夜も明けてしまった。五十両の金はおろか、十両の金も捻出できない。人間、世の不条理、不運に負けねばならぬ時もあるのかと諦め、昨夜、考え抜いた末に腹を切る覚悟を決めたのだった。

そして今朝、娘を叔母の所にやり、一人腹を切るつもりだったが、その娘に格之進の本心を見抜かれ、親子の口論を彦丸が障子越しに聞いてしまったという次第だった。

事のあらましを格之進から聞いた彦丸が言った。

「柳田様、お話はよく分かりました。取り返しのつかぬ事をなさらずに良かった。その五十両は私が作って、四つ（午後八時）前にはまたここへ戻って参ります。それで番頭に明日の昼までに金を渡すことが出来るでしょう。お断りしておきますが、私には何の魂胆もありません。困っている人を黙って見過ごす事の出来ない、お節介野郎だとおぼし召し下さいませ。後のことは五十両の金子をひとまず番頭に返してから相談いたしましょう。お嬢様もご心配なさらず、お待ちください。ここから家へ戻りますが道中身軽な方がいいので、私の荷物はここに置かせておいてください」

言うが早いか、彦丸は草鞋《わらじ》を強く結ぶと、蓑笠を付けまだ降り続く雨の中、外へ飛び出した。

この時、彦丸が目指す住まいは今朝出てきた東本所の立花村であった。十年来慣れ親しんだ霊岸島《れいがんじま》の徳兵衛長屋を三年前に引き払い、この地に移り住んだのは立花村の名主、田沢文蔵と知り合った事に始まる。

文蔵の母である田鶴の喜寿の祝いの品に、彦丸が鼈甲《べっこう》の櫛《くし》を収めたのがきっかけだった。田沢文蔵は中川の西側一帯の東本所にある立花村の名主で、小作人三十所帯あまりの面倒を見る大地主だった。

文蔵は彦丸の商いに対する誠実さと人柄が気に入り、小作人達の家で使う、小間物類一切や、彦丸が携帯する常備薬の風邪薬、腹痛腹下し、傷薬などを村人達の為によく買い上げてくれていた。また彦丸も、文蔵の威張らず、小作人、使用人への気の使いようなど、人間味溢れる人柄に好感を持ち、商売抜きの話も色々交わすようになっていった。

ある時、文蔵が彦丸にこの村の杉林の中にある常光寺という空き寺について相談を持ち掛けた。

文蔵の話によると、その寺は田沢家の四代前の先祖が自分も含めた立花村の住民の為に作った寺で、村人の冠婚葬祭や村の相談事の寄り合いの場などに使われていた。田沢家が生活の面倒を見て、寺守と葬儀などを執り行う四十過ぎの坊主も一人置いていた。

ところが、この坊主、田沢家に無断で、深川に縄張りを持つヤクザに常光寺を賭場《とば》として使用することに同意し、場所代を貰っていたらしい。その上、自分も丁半博打《ばくち》に手を出し、大負けをして、ヤクザに借金をし、返済が出来ずに寺のご本尊阿弥陀様の像をはじめ、寺中の金目の物を売り払い、おまけに夜逃げをしてしまった。

その様な事が判明して、田沢文蔵が寺の今後について思案をしている時、母親の田鶴が（自分も八十路《やそじ》の身、何時お迎えが来てもおかしくない。自分の葬式は常光寺でやってもらいたい。ついてはしっかりした坊さんを早く迎えて、今まで通りの田沢家の寺にしろ）と、文蔵にせがんだ。文蔵は思案に余り、彦丸に相談を持ち掛けた。

この時、彦丸の頭に浮かんだ案は霊岸島《れいがんじま》の自分と同じ長屋に住む、西念《さいねん》和尚の事だった。

西念は一人暮らしで毎日を托鉢《たくはつ》で費やす六十過ぎの乞食坊主だが、藁人形の一件（二作目『宮戸川』参照）以来、彦丸が自分の父親の様に思い、年も年だし、何時かもっと楽な安定した暮らしを考えてやらねばと思っていた人物だった。

彦丸が西念に、托鉢僧を止め一軒の寺の住職に収まる気はないかと話を持っていくと、自分は坊主の修行をキチンと積んだ訳では無いし、そんな自分に一ケ寺の住職を任せる寺がある訳がないと言う。そこで彦丸が、一村の小さな葬式ぐらいは執り行えるだろうと問えば、八丈島へ島送りとなっていた時期、寺の手伝いをしていたから、葬儀の一切をつつがなく済ませる事は出来ると答えた。

そこで彦丸が、今の西念は坊さんらしく行いも正しいし、第一押し出しが立派だ。だから住職は務まると考え、自分が西念の後見人になるからと、田沢文蔵の了解を得て、西念を常光寺の住職として常住させた。

それから、三カ月後の春たけなわ、桜の花の満開の下にて田沢家のご母堂田鶴が八十三歳にて大往生を遂げた。

田沢家のご母堂の願い通りに葬儀は常光寺で、西念が取り仕切って、過不足なく無事に終了した。

ご母堂の四十九日も過ぎ、西念は田沢家の援助で寺の掃除、墓守としての仕事をキビキビと行い、田沢家の信用も得ていた。

そんな若葉の香るある日、彦丸が名主の田沢文蔵を訪れ、自分の描いているある構想を打ち明けていた。

その構想とは、本堂の前の広場の西側に、雑木林を開墾して三百坪ほどの平地を作りたい。そこに診療所と、自分も含む診療所で働く人たちの住まいと、薬草を育てる畑を作る。

ここまで話を聞いた文蔵が、

「彦さん、うちの村に診療所が出来る事は願っても無いことだが、話が大きすぎて、すぐに事が運ぶとは思えんがね」

と、言った。

彦丸は答えて、

「診療所は深川の佐賀町で開業をしている、独身の身で歳は二十七歳。腕の確かな医師で滝川良庵を連れてくる。そこで助手を務める自分の身内同様の松おばさん（一作目『江島屋』参照）や、手伝い賄《まかな》いの人々も付いてくる。従ってその人達が住まう長屋も必然欲しいのです」

「良庵先生と言う人はうちの母が風邪をこじらせたとき、立花村まで往診をしてくれた先生かえ？」

「そうです。名主さんもご存じのあの先生です。先生は金儲けで開業している人じゃないんです。本当に人助けで医者をやっている人です。今の場所が手狭になり、もっと薬草の作れる土地も欲しいと言っています。この話も西念さんが常光寺にお世話になったいきさつを話し、良庵先生には既に下話も済んでいます。名主さんさえ承知して下れば、急がずに始めたいのですが」

「分かった。あの先生が来てくれるなら、彦さんの考えはきっと上手くゆく。私も親からこの土地の名主を引き継ぎ、未だ何もしていない。立花村の発展の為、一肌脱ごう。」

こうして雑木林の開墾が始まった。

この事業はあくまで名主の発案と言うことにして貰い、彦丸は田沢文蔵の人柄を信じて任せた。

文蔵は開墾を行う人夫を自分の家の小作人で手の空いている者を使った。勿論労賃も払った。村人たちも自分の村に診療所が出来ると聞き、農閑期には村中の者が一斉に開墾に関わった。

一年の後には、三百坪の更地に、彦丸と良庵で考えた診療所と六畳間が二つある広々とした五軒長屋の建築が始まっていた。

建築関係の世話は、浅草材木町の宮大工の政五郎棟梁が引き受けてくれた。

暑い夏も過ぎ、常光寺の境内に涼風が立ち始めたころ、診療所と彦丸の住む五軒長屋が向かい合うように出来上がり、引っ越しも済ませていた。

それから一年、立花診療所と名を付けた診療所は良庵の患者に対する接し方が評判を取り、大忙し。彦丸も薬草作りと漢方薬作りを手伝いながら、お客から頼まれる品は小間物に限らず、日用品なら何でも揃える便利屋的小間物屋として立ち働いていた。

そして彦丸が立花村の住人となり、三年目の秋を迎えた今日、偶然に柳田格之進のご難を知り、ほっておけない自分の性分に従い、動き出したのであった。

秋の夕日は釣瓶落《つるべお》とし、彦丸が常光寺の境内に入った時には未だ七つ半（夕方五時）頃と思われたのに辺りは夕闇に包まれようとしていた。

彦丸が霊岸島《れいがんじま》の徳兵衛長屋で春と結ばれてから四年余の歳月が経っていたが、未だ二人の間に子供は無かった。春は得意の裁縫の腕を生かし、新しい長屋の一室で立花村の娘たちに裁縫を教える暮らしをしていた。

彦丸が金の隠し場所（金の隠し場所は作者の私も知らないのです）から五十両の金子《きんす》を取り出した。忙しそうに動く彦丸を、訝《いぶか》しい目で見ている春に、

「明日の午後、柳田様と言う父娘が、空いているうちの長屋に越して来る。訳は後で話す。明日にでも掃除をしておいてくれ。今夜は遅くなるが帰ってくる。頼んだぞ」

と、それだけ言うと彦丸は夕闇の中、長屋を後にした。

雨は上がっていたが、闇は深くなるばかりに思えた。彦丸の足は子供の頃、飛脚《ひきゃく》を夢見て野山で鍛えただけに闇の中でも速かった。

約一刻（二時間）の後、彦丸は浅草三間町のさくら長屋、柳田格之進宅の居間で、格之進と美貌の娘、絹の前に五十両の金子《きんす》を置いて座っていた。

「柳田様、明日の昼に、このお金を万屋の番頭にお渡しになりましたら、直ぐに身一つで東本所の立花村、常光寺の境内にあります立花診療所にお越しくださいませんか。当面の生活に困るような事はありません。お待ち致しております。後の事はゆっくりご相談致しましょう」

それだけ言うと、彦丸は外へ出て暗闇の道を立花村に向かって歩き始めていた。

明くる日の昼過ぎ、万屋の番頭源兵衛が柳田宅に顔を出した。

番頭は土間に立っている。格之進は番頭と向かい合って上がり框《かまち》に座ると、目の前に五十両の金を置き即座に言った。

「番頭、よっく聞け。わしは天地神明に誓って金を盗む様な事は致しておらん。だが、五十両の金が紛失した晩、確かにその場に居た。わしが疑いを掛けられるのは身の不運。依ってその方に五十両を手渡す。だが、誰も盗まぬ金なら必ず他所から出てこよう。その折その方、わしに対してどの様な詫びを致すつもりじゃ」

番頭、ニヤニヤ笑いながら、

「へい、万に一つもその様な事はないと思いますが、もし私の思い違いで他から金が出てきましたら、お武家様に無礼を働いたので御座います。私の首を差し上げます。ついでに一つでは寂しいでしょうから主人萬兵衛の首も一緒に差し上げましょう」

この言葉にさすがの格之進の顔も紅潮し、

「その言葉に二言はあるまいな」

「へい、間違いなく」

「よし、忘れるな」

金を受け取った番頭。

「じゃ、確かに五十両受け取りました。これで失礼させて頂きます」

と、頭を下げて外へ出た。そして、捨て台詞を吐いた。

「盗ったのがバレてバツが悪いもんだから、あんな事を言いやがった。笑わせやがらあ」

と、嘯《うそぶ》きながら帰って行った。

気持ちの平静さを取り戻した格之進は文机《ふみづくえ》の前に座ると半紙を一枚取り出し、筆を執って去り状をしたため始めた。

　　去り状

理由有って他所に引き移るもの也。

火急の出来事なれば、家財の処分も致しかね、恐縮なれど、差配《さはい》殿に処分のほど、お任せ致したく、宜しくご配慮、お願い申し上げ候。

　　　　浪人　　柳田格之進

差配　殿

去り状の半紙を中央の柱に貼り付けた。格之進と娘の絹は風呂敷包みの手荷物を一つずつ持っただけで東本所の立花村へと向かった。

道々、格之進は絹に語り掛けた。

「なあ、絹、お前の言うことを聞いて初対面の彦丸殿にこの身を預ける様な事になってしまった。だが、不思議と私は何の不安も感じず、寧《むし》ろ晴れ晴れとした気分だ」

「あら、お父様、私もおなじ気持ちです。明日からの生活が何だか楽しみな気分に成ってきていますのよ」

父娘は笑いながら、源の森川沿いの道を東に向かって進んで行った。

西の空は何時の間にか深く澄んだ秋晴れの空と成っていた。

二　格さんと彦さん

一方、五十両の金を受け取った、番頭の源兵衛は鬼の首を取ったような顔をして、花川戸の札差《ふださ》し万屋《よろずや》の店先に帰って来た。店の間口は三間と広くはないが、総ヒノキつくりの立派な構えだ。番頭の姿を見付けた手代が駆け寄ってきて、

「番頭さんお帰りなさいまし、旦那様が先ほどから番頭さんを捜しておりましたよ」

「ああそうかい。今、旦那は何処に居なさる?」

「奥の居間においでです」

「有難う」

と、答えて源兵衛は直ぐに廊下を奥へ向かって急いだ。

主の萬兵衛は居間で紺ネズ色の結城紬の上下に袖を通し、イライラしながら欅《けやき》作りの長火鉢《ひばち》の前に座っていた。

「旦那様、只今戻りました」

「おお、番頭さん、お前、まさか柳田様のお宅へ行ったんじゃないだろうね？」

「いえ、おっしゃる通り、柳田様のお宅へ参り、この通り五十両の金を受け取って参りました」

と、得意顔で懐《ふところ》から袱紗《ふくさ》に包んだ切り餅二つを旦那の前に差し出した。

この金を見た旦那の顔色が変わり、

「お前、あたしがあれほど、柳田様を疑ってはならぬと言ったのに、なぜ、行ったんだ？」

「だって旦那、一昨日の晩は離れで旦那と柳田さんの二人っきりで碁を打っていらした。そこへあたしが切り餅二つ、五十両の金を持って行って旦那に手渡したんです。旦那も確かに受け取ったとおっしゃたでしょう？」

「ああ、確かにお前から五十両を受け取った。その後がはっきりしないんだ。だが、どう考えても柳田様が持って帰ったとは、考えられんのだ」

「ですから、旦那が碁に夢中になり、膝の上に置いた切り餅が、何かの加減で碁盤の下へ転がり出た。それを柳田さんが持ち帰ったんですよ。その証拠に此処に五十両の金を返してよこしたじゃありませんか」

「それが違うんだ。お前には人を見る目がないんだよ。これはあたしにも責任がある。お前を十三の時から預かり、一人前の商人に成れる様仕込んできたつもりだった。だが、今考えると、お金の大切さばかりを教え、他人を見る目を養わせる事を怠った。これはあたしの失敗だ。あたしが柳田様と碁会所で知り合い、ここ一カ月の間、お付き合いをさせていただいた。そして感じたことは、武士と町人を差別するところは無く、誰にでも礼儀を重んじ、私利私欲を見せたことが無かった。およそ人という者は、勝負事をしている時に、無意識のうちにその人の本性を現す。だが、碁を打っている最中、柳田様に限って一度だってあたしに不愉快な思いをさせたことが無い。そこにあたしは惚れて、わが家にお誘いしたのだ。だから、柳田様に限って他人の金を持ち帰るような事は決してないと言うのだよ。だから、お前が柳田様の所へ事情を話に行くと言うのを、あたしは止めたんだ。それを勝手に行きおって…」

「お言葉ですが、柳田さんはご浪人でしょ。浪人と言うのは何んらかのしくじりが有ったればこそ藩を出なければならなかった。人間貧すれば鈍すると言いますからね、いくら立派な人だって」

「まだ言うか。あたしはね、柳田様が万に一つ、五十両の金を持って帰ったとしても、それはそれで良いと思っていた。あれだけの人物に何か緊急のお金の必要な事が出来たのなら、それは其れで使って貰って良かったと思ってるんだ。あの場の出来事は、あたしのしくじりで起きた事に違いないんだから」

萬兵衛は苦々しい顔で暫く沈黙していたが、

「それで、この金をよこす時に柳田様は何か言わなかったか？」

「ええ、言いました」

「何とおっしゃった？」

「へえ、『わしは天地神明に誓って金を盗む様な事はしてない。だが、あの晩、わしがその場に居たことも確かで、わしが疑われるのも、その場に居合わせたわしの不運。だから五十両の金子《きんす》を渡す。だが、盗んでおらぬ金ならいずれ何処かから出て来よう。その時その方、わしに対してどの様な詫びをするつもりだ』と」

「それでお前は何とこたえた？」

「へえ、もしも他から出てきたときは、お武家様に無礼を働いたのですから、あたしの首を差し上げます。あたしの首一つでは淋しいでしょうから主人萬兵衛の首も一緒に差し上げましょうと」

「馬鹿、ひとの首を勝手に差し出すな。受け取って来た金子を寄越しなさい。これから直ぐに柳田様のお宅へ行ってくる」

「へい、ではあたしも一緒に？」

「お前は来なくていい。小僧の定吉を連れて行く」

と、萬兵衛は五十両の金子を懐《ふところ》に柳田格之進宅を目指して歩を速めた。


万屋萬兵衛が浅草三間町さくら長屋の柳田宅に息を切らして到着してみたが、あいにく留守のようで鍵が掛かっていた。一緒に駆け出してきた定吉に長屋の差配《さはい》の家を見つけさせた。居合わせた差配に事情を話し、同道を願って格之進の家の鍵を開けてもらい、土間に立った。そして正面の柱に貼ってある半紙に目を遣り、去り状を読んで萬兵衛は愕然とし、口も利《き》けなく、その場に座り込んでしまった。

暫くして立ち上がった萬兵衛は、差配に礼を言い家路についた。定吉の肩を借りて歩く姿は元気がなく、

「ああ、番頭が余計な事をしでかしたものだから十年に一度、出会うか出会わないかの良き友を失ってしまった。あれだけあたしの心を引きつけた友は二度と現れまい。金が何だ。金より大切なもののあることを教えられなかったあたしの失敗だ。どうにかしてもう一度

柳田様を見つけ仲直りをしたいものだ」

と、心の中で呟きながら歩いていた。

一方、柳田父娘が常光寺境内の立花診療所に顔を見せたのは八つ半（午後三時）頃だった。二人を待っていた彦丸と春が笑顔で、先ず自分達の住まう五軒長屋の右端の家に上がってもらった。春を自分の妻だと彦丸が紹介して、立花村の概要と常光寺境内にある診療所と長屋について説明した。

この間に春がお茶と茶うけとして境内の林の中でとれた柿の実を剥いて差し出した。これを食べた絹が、

「この柿のお味、子供の頃に彦根で食べたお味と同じで懐かしい」

「あら、お嬢さんは彦根のお生まれ？」

「はい、七歳の頃まで。その後直ぐに母が病で亡くなり、暫くして、父の出府で江戸藩邸で育ちました。二年ばかり前に父の仕事の関係で国元へ帰りましたが、いろいろ事情がありまして半年余り居ただけで直ぐ、江戸の下町に住む事に成りましたの。ですから子供の時のお味が思い出されて」

「まあ、大変だったのね」

春と絹は歳も五つ違いとあって、直ぐに打ち解けた様子だった。

秋の日は釣瓶落《つるべお》とし。彦丸と春が陽のある内にと柳田親子を今夜から住む家に案内した。

五軒長屋の西の端で、六畳二間の同じ間取りだが、西側に窓があり、新築間もない事でもあるし木の香も残る明るい感じの部屋だった。

「取りあえず夜具《やぐ》は二組、奥の部屋に用意して置きました。台所には金盥《かなだらい》と洗面用具、炭もあります。長火鉢《ひばち》には後で熾火《おきび》を持たせます。はばかりは外後架《そとこうか》ですが、ご勘弁ください」

「彦丸殿、余り気を使わんで貰いたい。一年ばかり浅草の貧乏長屋で暮らし、不便には慣れ申した。必要な物が欲しければ遠慮せず言いますから、余り気を使わんで下さい」

「はい、柳田様…」

「その柳田様と呼ぶのも止めてもらえんかな？　これから何かとお世話になるのに堅苦しいで。それから、娘は絹と呼んでやってください」

と、格之進が笑いながら言えば、

「でしたら、柳田さんとでも？」

「ううん。それも堅苦しい。どうかな？　格之進で格さんと言うのは？　その代り貴方の事も彦さんと呼ばせて貰おう」

「こいつはいいや、その方がみんなに早く馴染んでもらえそうだ。早速ですが格さん。何だか照れるが、まあいいや。食事ですが、当分向かいの診療所の食堂でみんなと一緒にお願い出来ませんか？　此処の診療所で働くものはみんな家族の様なもので、賄《まかな》いの人が二人居て、病人のものを始め、全員の食事を作ってくれます。その方が仕事のはかどりが進むそうで。お絹さんもご一緒にお願いします」

刻限は早七つ半（午後五時）近くに成っていた。彦丸と春に案内され、柳田父娘が診療所の食堂に入った。広さ十畳の板の間に机が横長に五つも並べられ、向かい合って食事ができる様、椅子も十二脚並べてあった。

既に食堂に来ていた良庵先生に、彦丸が格之進と娘の絹を引き合わせた。

良庵はこの診療所の開設に当たり、彦丸と二人三脚で事を運んできただけに、彦丸を全面的に信頼しているので、彦丸が連れてきた柳田父娘に優しく振る舞っていた。

そこへ、良庵の助手を務めている松おばさん、賄いと家事の担い手、菊さんに留さんの二人、それと七、八歳の男の子が三人集まってきて、彦丸と春、それに柳田父娘が加わり、十一人の賑やかな食卓となった。

男の子三人は去年の暮、神田界隈で起きた火災で両親と家を無くし、乞食暮らしをして居た身を彦丸が此処の長屋に連れきた子供達だった。

集まった一同に彦丸が、格さんと絹の親子を紹介し、背中合わせの厨房《ちゅうぼう》から運ばれた盛りだくさんの料理を、良庵の「戴きます」の発声で食事が始まった。

柳田父娘にとって、こんなにも賑やかな食卓は初めてで、何を食べても美味しく感じられ、楽しいひと時だった。

食事のあと、格之進は、

「相談があるので、後で新居の方へ顔を出して貰いたい」

と彦丸に言い残して、一同に心から礼を述べ、引き上げて行った。絹は、

「後のかたずけを手伝う」

と言って、その場に残った。

彦丸が格之進の新居に顔を出した。六畳の手前の部屋に行灯《あんどん》が一つだけ点いていて薄暗い。

「格さん、もう一つ行灯を点けたら明るくなるのに」

と、彦丸が言えば、

「何時まで厄介になるか分からない身で、贅沢は出来ません。ご心配なく。それより早急に頼まれて貰いたい事が有るのです」

「何なりと言って下さい」

「私が住まいを此処に移した事を、お城の桜田門外の彦根藩邸に住む佐々木一馬という者に知らせたいのです」

「お急ぎで？」

「出来れば明日の昼前に」

「でしたら私が参りましょう」

「そうして貰えると有り難い。一馬の国元の母親からの便りという体で手紙を渡して貰いたいのだが、それは形だけのもの。門番にも分からない様に、私の居所は彦さんの口から伝えて貰いたいのだが」

「分かりました。明朝、私が飛脚《ひきゃく》の体で暗いうちに此処を発って参ります。今、手紙のご用意を私の部屋から持って参ります」

言うが早いか、彦丸は部屋に取って返し、硯、筆箱、巻紙の用意をして戻って来た。

あくる朝、明け六つ（午前六時）前の未明に彦丸は立花村の長屋を発ち、朝日が輝き始めた頃には江戸城桜田門外の彦根藩上屋敷の表門に着いていた。お屋敷のご門は幅およそ十間、黒塗りで、正面の両開きの扉は一面の幅が三間、従って六間幅の扉である。そして、それらを支える柱は三尺幅の角柱で真っ黒な瓦葺の大屋根をも支えていた。

彦丸はこの重厚な威圧感のあるご門の前に立って、身震いを覚えた。度胸をきめて脇の潜り戸の扉をたたいた。

間もなく、潜り戸が内側に空いて、三十前後の門番が六尺棒を小脇に抱えて現れ、

「なんだ、その方は？」

と、彦丸に問いかけた。

彦丸は落ち着いて、

「へい、国元より佐々木一馬様宛に手紙を預かって来た飛脚《ひきゃく》で御座います」

「おおうご苦労、暫く待て」

潜り戸はいったん閉まり、暫くすると内側に空いて、中から二十代半ばの侍が着流し姿で外に出てきた。

「国元より飛脚と聞いたが、その方か？」

「へい、左様で。佐々木様で？」

「いかにも、佐々木一馬だが」

彦丸はすぐに傍に近寄り、

「国元よりのお手紙で」

と、佐々木一馬に格之進が認めた手紙を手渡し、小声で、

「柳田様は昨日、東本所の立花村、常光寺境内の立花診療所に移られました」

と、言った。

佐々木一馬は一瞬、怯んだが、彦丸を見据えて「ご苦労であった」と、言っただけで、潜り戸を開けると中へ消えた。

彦丸は念のため自分の後を付ける者が居ないことを確かめながら立花村へ引き返した。


彦丸が桜田門外の彦根藩邸より常光寺境内の立花診療所に戻ったのが四つ半（午前九時）頃であった。秋晴れの良い天気で、帰り道で見かけた田畑で働くお百姓達も収穫期と有って忙しそうに働いていた。

診療所内も患者が立込み、診療室で松おばさんの手伝いをする柳田のお絹さんも見かけ

たが、忙しそうだったので、話し掛けもせず、春が裁縫をしている自分の家に帰った。手を休めて彦丸の方を振り向いた春にお絹さんの事を聞くと、

「そうなのよ。朝食の時にお絹さんが『食事付きの居候など自分には我慢できない。少しでも此処でお役に立ちたいから、何か仕事をさせてくれ』と、言うので、どんな事がいいの？　と聞いたら『患者さんのお世話でも』と、言うでしょ。そしたら松おばさんが『だったら、自分の仕事を手伝ってくれると有り難い』と、言うので、良庵先生も快諾して手伝っているのよ」

「そうか、それはいいね。おばさんももう歳だからね、それはよかった。時に格さんは？」

「子供達とお寺の方へ行きましたけど」

「じゃあ、そっちへ行ってみる」

と、彦丸が常光寺の本堂の方へ遣ってくると、格さんは本堂に上る木造階段の所に三人の子供達と腰を下ろして話し込んでいた。

彦丸が自分の方へ来るのを見つけた格之進は、子供たちに何か言って立ち上がった。本堂の前で二人が顔を合わせると、彦丸が、

「行って来ました。佐々木一馬様に『柳田様は東本所の立花村、立花診療所に移りまし

た』と口頭で伝えたところ『ご苦労であった』と、一言言って、門内に消えました。その後、私もすぐにご門から離れ、尾行者は居ないか確認しながら帰って来ましたが、異常はありません」

「有難う彦さん。これで一安心。お世話になります」

と、格之進は言って頭を下げた。

「時に格さん、子供達と何の話をしていたんです？」

「ハハハ、子供達が『おじさんの仕事は何か』と聞くもんで、元は侍だが今は浪人中だと答えたら、『だったら剣術を教えてくれ』と言うので困っておった。そこで子供が覚えるなら、剣術より柔《やわ》らのほうが良いと諭していたところだ」

「柔らって何です？」

「まあ、護身術ってとこかな」

「護身術なら、私も子供の頃、父から習いました」

「ほう、彦さんが護身術を。じゃあ、ちょっと子供らに見せて納得してもらうか」

と、格之進は言って、子供たちに集まるように言い
「いいかみんな、さっきの話の続きだ。剣術の刀は人を殺すために使うものだ。こどもに

そんなものは必要ない。柔らは他人から攻撃をされたら、その攻撃から自分の身を守る術だ。みんなも喧嘩をするだろう。だが、自分から攻撃などしてはいけない。もし相手に殴られそうになった時は、それを交わして自分の身を守る。それが基本の術だ。今これから、彦さんと私で、その術を見せるから、みんなよく見ていなさい」

と、言って彦丸と向き合った。

「格さん、今ここで本当にやるんですか？」

「ああ、私が受け手に回るから本気で殴りかかってきなさい」

彦丸はちょっと驚いたが、子供達に興味を持たせるなら本物を見せるのが一番勉強になると思い、覚悟を決めた。

二人は本堂の前庭に一間ほどの間隔を取り、向かい合った。

彦丸が無言のまま正面から格之進の左ほほをめがけて、右拳を繰り出した。

格之進はその場を動かず、左手の拳固を握った二の腕で、飛んできた拳を左に逸らす。

続いて彦丸は左の拳を横殴りに振るった。格之進はひょいと身を沈めた。彦丸の拳は空を切った。次に彦丸が横向きになり、格之進の腹をめがけて、足蹴りを入れた。だが、その足を取った格之進が彦丸を地面に叩きつけた。

しばらくの間、立ち上がれなかった彦丸が、よろよろと立ち上がり、「参りました」と、格之進に頭を下げた。

子供達は声も出ず、目を見開いたまま動かない。

「じゃあ、今度は私が攻撃にまわる。彦さん一つ受けてみてくれんか」

彦丸は身震いを一つすると、

「分かりました。やってみましょう」と、言った。格之進は「では、参るぞ」と言って、彦丸の腹をめがけて、右拳を突き出した。彦丸も難なく右二の腕で拳を逸らす。

次に右手刀が彦丸の首をめがけて飛んできた。

彦丸は左二の腕で、手刀を受けると、右拳を格之進の顔面に突き出した、が、顔に当たる前で寸止めをした。

「いや、参った」

と、格之進も彦丸に頭を下げ、びっくりして見とれている子供達に格さんが、

「おい、みんな、今の彦おじさんの技を見たか？　彦おじさんは、大変な護身術の使い手だ。みんなも柔《やわ》らを覚えたいか？」

するとー番年上の子が、

「すごいのを見ちゃった。おいらも護身術を習いたい。彦おじさんも、格おじさんも凄いや。絶対に教えて」

と、言えば、後の二人も同じ様にせがんだ。

彦丸と格之進は子供達にねだられ、格之進が、

「よし、明日から昼までは勉強、午後は天気が良ければ外で柔らの稽古をする」

と約束をした。

そこへ寺の庫裏《くり》の方から西念和尚がやって来た。彦丸は柳田と西念を引き合わせる良い機会だと思い、

「おじさんたち、ちょっと話があるんだ。お前たちは遊んでてくれ」

と、子供達に言い聞かせ、二人は西念の方へ歩き始めた。

彦丸はやって来た西念と顔を合わせると、隣に立った格之進を紹介した。

「西念さん、この方は柳田格之進さんというご浪人で、娘さんのお絹さんと二人暮らし。昨日からうちの長屋に住んで貰う事になった方だ」

と、言って、今度は西念の方を見て
「こちらが常光寺の住職、西念和尚です」

と、二人を引き合わせた。

西念は霊岸島《れいがんじま》の長屋時代と比べると、でっぷりと肥え、色も白くなって墨染《すみぞめ》の衣がよく似合う立派な和尚ぷっりだった。西念は柳田に黙礼をした。

「西念さん、柳田さんと、ちょっと話があって、本堂を使いたいんだがいいかね」

「だったら庫裏《くり》の方が茶も入るし」

「いや、二人だけで話したいんだ」

「でしたらお使いなせえ。何もないが掃除はできてますで」

「すまないね。それから、柳田さんは堅苦しいのは嫌いで格さんと呼んで欲しいって」

「分かりました。じゃ格さん、どうぞごゆっくり、拙僧はちょっと診療所の方へ」

と、去って行った。

彦丸は心の中で西念の落ち着きぶりを見て、彼の居所が定まった事を喜んだ。

庫裏は南向きに建てられた本堂の東側に、渡り廊下で繋がれた型で建てられていた。入り口の板戸を開けて中に入ると其処は土間で、土間の右側には、流し、水瓶、竈が設えられ、壁の上の方に窓が切ってあり、明るかった。その土間の左に囲炉裏の切ってある八畳間の居間と奥に四畳半の寝室が有り、いずれも小奇麗にかたずけられていた。

彦丸と格之進は、居間から渡り廊下を通って本堂に入った。二十畳の座敷の四隅に格柱が有り、正面に祭壇。ただし、祭壇にご本尊のお姿は無く、代わりに曼荼羅《まんだら》が置かれ、左右に花が飾られただけの、簡素なたたずまいだった。座敷の周りは三間幅の板の間で囲まれ、祭壇の裏は物置らしかった。

祭壇の前に座布団を並べ、彦丸と格之進は向き合って座り、格之進が話を切り出した。

「彦さん、私は一昨日、初めて娘の仲介で貴殿と知り合った。お陰で私と娘は窮地を脱する事ができ、大変なご恩を受ける事となり貴殿の好意に甘えて居る。昨日此処へ来て、今朝また、私用の使いに出てもらい、無事に果たして頂いた。自分の方はひと安心だが、私は貴殿の事は何も知らず、この先の事を何も決めずに住まいと食事の世話に成っている。此のままでは何とも私の気持ちが落ち着かない。そこで貴殿について幾つか知っておきたい事が有るんだが、幾つか質問をさせて頂きたいが、お答え願えるか？」

「何なりとお聞きください。嘘偽りは申しません」

と、彦丸は笑って答えた。

「さっき、私と一緒に遊んでいた男の子達だが、本堂の前で出会い話し掛けて近所の事など訊いていたんだが、彦さんの長屋に三人で世話に成って居ると言っていた。彦さんとはどんな関係の子供達なの？」

「ああ、あの子達ですか。手っ取り早く言うと〈みなしご〉なんですよ。去年の十二月二十日の夜、神田相生町で火事がありました。幸い大火には成りませんでしたが長屋を含め十五所帯ほどの家族が焼け出され様です。その五日ほど後の夕方、私が須田町界隈で商いを済ませて帰ろうとした時、大きな八百屋の隅に小ぶりの俵が山と積んであるのが目にはいりました。すると物陰から出てきた子供が、俵の一つを小脇に抱え駆け出したんです。人通りは有ったんですが誰も気付かない。私は思わずその子の後を追いました。子供は俵を肩に担ぎなおすと、火除御用地を通り筋違御門を抜けて橋を渡り神田川土手を下ってゆきます。しばらく行くと土手下に焼け残った木材で拵《こしら》えた一坪ばかりの丈の低い掘っ立て小屋に、入って行った。私に後を付けられたことにも気付かず、暗い小屋の中で大きな声で話し始めた。『おい、今夜はこの芋を茹でて食おうぜ。これだけ有りゃ暫く飢えずにすまあ』なんて、傍には誰もいないと思うから大声で。

私は直ぐに分かりました。この間の火事で行き場を失った子達だと。

私はちょっと迷ったが、お節介焼きは性分でね。土手を下り、うす暗くなりかけた小屋の中に声を掛けたんです。『誰かちょっと出てこないか』ってね。一瞬静かになったが、直ぐにさっきの男の子がふてぶてしく無言で出てきた。私は彼に話しかけました『私はご覧のとおり、小間物屋の行商人だが、さっき芋の俵を担いで駆け出したお前を見ていてね。後を追って来たんだ。いや、心配はいらない。お前をお役人に突き出そうなんて考えは毛頭ない。誰かを養ってんだろ？　大変だな。でもこんな生活、長続きはしないぜ。どうだ、良かったらみんなを連れて、おじさんと一緒に来ないか？　飯もあるし住む所もある』彼は私を疑り深い目で睨みつけていた。私は続けた『いや、おじさんは人攫《ひとさら》いじゃない。安心してくれ。ただ、困っている人を見ると助けたくなる性分でね。一緒に来てみて、嫌だったらまた戻りゃいい。お前は簡単に他人に騙されるような人間じゃない。その身体で誰かの面倒を見ている。偉いよ。そこにあと何人居るんだ？　嫌だったら逃げ出す相談をして、おじさんに付いてくる気はないかね？』と、ね。彼は無言で小屋へ戻ったが、やがて、自分より年下の子を二人連れて出てきた。私は三人へ優しく言った『嫌になったら嫌だとはっきり言ってくれ。別れるなら当分の飯代ぐらい持たせるからさ』ってね。子供たちは不安で一杯だったろうが無言で暗くなった夜道を私に付いてきた。四人で此処の長屋に着いたときは、腹も減っていたと見え、かなり疲れた様子だったが、春の拵えた雑炊を無言で食べて、三人だけで隣の長屋に寝かせました。翌朝、五郎が、一番年上の子の名前なんですがね、顔を洗ったのかスッキリした感じできちんと挨拶しましたよ。それから安心したのか、市蔵、亀吉の三人でうちの長屋で暮らしています」

彦丸から事の成り行きを聞いた格之進は、彦丸の行動に感心した。

「彦さんは偉いなあ。なかなか出来る事じゃない。彦さんのお節介に預かり、我々父娘もひと安心なのだが、彦さんと言う人がどんな生立ちの人なのか、知りたいなあ。一体どの様な生まれの人なの？」

「嫌だなあ格さん、そんなことを聞いて。親父が他人の為になる様な人間になれと教えてくれたものだから」

「いくら親の教えでも、そう簡単に立派な人間が出来るものではない。父親は武家の出で有ろう」

「いや、武家ではなく武家に仕えていた甲賀流の忍者です」

「ほほう、それは珍しい、忍者とは。してどちらの藩のお抱えで？」

「一族の親方は中川軍蔵と言う方で、弘前の城主に抱えられていました。格さん、まだ、私の育ちに興味がありますか？」

「ますます興味が増してきた。良かったら彦さんの生立ちを話して下さらぬか？」

「じゃまあ、退屈しのぎに聞いてください。戦の無くなった世に、忍者の出番はありません。二つ違いの兄と二人、物心のついた時分には親父から忍者の基本を仕込まれました。読み書きと算数は武家の出だという母から習いました。だが、親父も平和な時代の忍者の生き方を模索していたんでしょう。子供の頃から野山を駆け回り足腰を鍛えさせられました。これからの時代、飛脚《ひきゃく》の仕事がわが家を支えると考えた様です。そんな中、親父は親方の命令で、戦国時代の爆薬を使う仕事に着き、命を落としました。兄が十六、私が十四の時です。

それから一年が過ぎ、やもめ暮らしの親方軍蔵の家に賄《まかな》い婦として、住み込みで働いていた母親が、自害しましてね。残された兄弟二人で、この先どの様に生きて行くか話し合いました。生活は母親の香典が五両と死んだ親父の仕事の前金が残っていたので、当面困ることは無かったんですが。だが、先の生活を考えるとやはり親方に仕事を回して貰わないと生きては行けない。だったら金が貯まるまで黙って親方の仕事を手伝うと、兄と決めました。

やがて兄弟ふたりに仕事が回ってきました。盛岡の米問屋を爆破する仕事です。何の事情も聴くこと無く、事の良し悪しは問わず只、親方の命令に従うのが忍者の世界です。仕事の成功報酬は五十両、前金に二十五両、仕事の成功裏に後の半金を受け取る約束です。

前々から両親の死に対しする親方の態度と人間性に疑問を持っていた我々は、じっくりと話し合い、金が出来たら忍者の世界から足を洗おう。そして以前二度ほど行ったことのある江戸へ出て何か商売をやることに決めて、仕事を請け負いました」

此処まで話して彦丸はちょっと笑い、

「あの時の兄貴の言いだした仕事請負の条件には舌を巻きました。我々の仕事の前金の二十五両の他に、親父が請け負った仕事の後金を支払えと言ったんです。いやな顔をした親方に対し『親父は命を懸けた仕事に就く前に、前金の二十五両を我々母子に差し出し、仕事の済んだ後、半金の二十五両を受け取る事に成っていると言った。だが、その後、母が死んでも、母に対する香典の五両だけで、親父の仕事の後金は支払われていない』とね」

黙って彦丸の話を聴いていた格之進が、

「で、親方はお父さんの後金を払ったのかね？」

「渋々払いましよ。だって、あの時、あんな危険な仕事を請け負う仲間は他に居なかったでしょう。まんまと五十両の金をせしめた我々兄弟は爆薬を背負い盛岡へ向かいました。仕事が済んだ後は江戸へ向かうつもりでしたから。その後、兄弟のどっちが仕事を実行するか、もめました。もし、爆破の後、脱出に失敗すれば死から逃れられませんからね。だからと言って、仕事をしないで逃げ出す訳にはゆきません。金の持ち逃げは、仲間が何処までも追詰めて始末を付ける決めに成っていますからね。口論の末、兄が行くことに成りました。私はその晩、盛岡の米問屋が爆破されるのを近くの高台から確認しました。だが、兄は朝まで待っても戻って来ません。後で考えれば、兄貴は覚悟の上の死だったのでしょう。一人天涯孤独の身となった私は、兄と決めた通り一人で江戸に出てきました。

その後、いろいろありましたが『他人に迷惑を掛けるな、他人の嫌がることはするな、困っている人を助けろ』と、言った親父の教えに従い、つい、お節介が過ぎりる様な事をやってしまうんです」

話し終えた彦丸が、照れ笑いを浮かべて居る。

「いやあ、彦さんの常人とは違う生立ちに益々興味が湧いてきた。彦さんのお父さんと言う人は立派な人だったんだなあ。だから彦さんの様な人が出来た。すると、其処にある診療所も彦さんが？」

「元々、深川佐賀町で開業していた良庵先生を松おばさんの紹介で知り合い、此処の名主の田沢家との仲介をしました。その時、誰でも困っている人が入れるような長屋が有ったらいいなと思って、長屋も作ってみました。ですから、私が今やっていることは私の道楽の様なものです」

「道楽とはちょっと違うと思うが、彦さんのやっていることは常人には出来ない立派な行いだと思う。ときに、我々親子も彦さんの好意で、厄介になっておるが、何の手伝いもせずに過ごすわけにには参らん」

「いや、お嬢さんはもう、松おばさんの仕事を手伝っています」

「うむ、娘は親の口から言うのもおかしいが、良く出来た子でのう。私の浪人生活は娘無くしては出来なかった。自分は必ず、お家の為に働く日が来ると確信をして居るが、それが何時になるのか定かでない。どうだろう彦さん、お借りした金子《きんす》は私の仕官《しかん》が叶ったときにお返しするとして、それまで、私に出来る仕事はござらぬか？」

「それは有り難い。だとしたら、さっきの子供達の面倒を見て頂けませんか？」

「面倒を見るとは？」

「私達が此処に越してくる前の長屋でも、松おばさんと私で、近所の子供を四人ほど、面倒を見てきました。子供達が好きな仕事に着けるよう、読み書き算数を教え、宮大工に二人、料理人が一人それぞれ仕事に着き、私の女房の春もおばさんから裁縫を習って一人前になった一人です。ですが今は、おばさんも良庵先生の助手という仕事もあり、以前の様に子供の面倒を見る余裕が有りません。良かったら格さんに、あの子供達に読み書きを教えていただき、ゆくゆく好きな道に進める様にしてやりたいと思うんです」

「ハハハ、彦さんの道楽は昨日今日始まった事じゃなかったんだ。感服仕った。だったら、明日から此処の本堂を借りて早速始めよう」

「有難うございます。ここを借りることは、西念さんに話を通しておきます。これからはみんなで格さんでは無く、先生と呼びますがいいですか？」

「かまわんよ」

「もう一つ、この事を名主の田沢さんにも話して、小作人の子供で読み書きを習いたいという者が有れば、習わせたいと思うんですが？」

「それこそ彦さんがやりたい事だったんじゃないか？」

と、格之進が笑い、

「よし、私も本腰を入れて寺子屋を始める覚悟を決めよう」

彦丸は格之進の手を取り、深々と頭を下げた。格之進は久々に心の充実感とワクワク感を覚えた。

この日、立花村の空は何処までも高く青く澄み渡っていた。

寺子屋開校の件を彦丸から聞いた名主の田沢文蔵は、大いに賛同の意を示し「出来るだけの援助はする」と約束をしてくれた。

三日もすると、寺の本堂の脇の廊下に、何処で調達したものか、使われなくなった文《ふみ》机《づくえ》や大きな机、硯、筆などが、名主のもとより届いてきた。

西念和尚も寺子屋開校に大喜びで、自分にも是非、筆の使い方を教えてくれと格之進に頼み込んでいた。坊主が業務で使う筆に苦労をしていたらしい。

格之進が五郎、市蔵、留吉の三人に寺の本堂で読み書きを教え、西念も一緒に手習いを初めて十日ほど経った頃には、村の小作人の子供達七人も加わり、寺子屋も本格的に稼働し始めた。

十人もの男の子が集まった寺子屋の人気授業は何と言っても午後の柔術だった。少し位痛かろうが、少々のすりむき傷など、お構いなしで皆が励んだ。

特に反撃に出る行為を皆がやりたがったが、格之進は防御の手に重きを置いて指導していた。上達の速さは目を見張らせる物があったが、彦丸が神田の焼け跡から連れてきた五郎は皆より二つほど年長でもあり、柔術ばかりでなく、読み書き算数の能力も秀でていた。

その能力を見抜いた格之進は彦丸に相談を持ち掛けた。

「彦さん、五郎は以前、何処かの寺子屋へ通っていたらしい。それに頭の回転も速いし、皆と一緒の授業では退屈と見える。一人だけ、自由に好きな本を読ませようと思うのだが、どうだろう？」

「はい先生、私もそこは気が付いていました。何しろ授業を終えた後、村の子達は自分の家へ帰るんですが、五郎は市蔵、留吉の二人を連れ、杉林や雑木林に入ってゆき、枯れ木を集めてくるんです。そして、薪置《たきぎ》き場に黙って置いてゆく。そこで私が『どうして薪集めをするんだ』と、聞きましたら『自分達三人は、彦さんを初め、此処の皆のお世話で生きて行ける。少しでも出来る事をして、皆の手助けに成れればと思うから』と、言うんです。とても利発な子だと感じていました」

「ほう、彦さんも感じていたのか。私はあのような子を初めて見た。何とか立派な人間に成ってもらいたいと思う。だが、あいにく私の手元には、彼に読ませる本がない。どうだろう、良庵先生の手元に彼が好む様な本が有ればと、思いついたんだが」

「分かりました。先生に頼んでみます」

彦丸は、格之進と話し合った五郎の事を、夕食の済んだ後、良庵に相談した。良庵は快諾し、その場で五郎を呼びにやり、自ら自身の書庫に彼を連れて行った。

翌日の午前の授業では、広間の隅で五郎は一人、昨夜良庵の書庫より借りてきた本を読んでいた。格之進は五郎に「読めぬ字や、意味の理解できぬ所が有れば聞きなさい」と言っただけで何も干渉せずに過ごした。

昼飯時の五郎の眼は、いつになくキラキラと輝いていた。

月が替わり十月も中旬に入った雨降りの午前中、彦根藩江戸上屋敷に勤務する佐々木一馬が、馬で立花診療所に訪れ、柳田格之進と何やら打ち合わせを済ませると早急に戻って行った。

格之進が雨降りの為、午後の寺子屋の授業を取り止め子供達を帰し、常光寺の本堂の間に彦丸を誘った。そして佐々木一馬との会見の内容を打ち明けた。その話の内容とは「藩主の病が急変し、何時藩主の代替わりが有ってもおかしくない事態となった。若殿が格之進の帰参を熱望している。付いては若殿の要望に何時でも答えられるよう準備をしておいて貰いたい」との事。

「そんな訳で、私は近々出仕せねばならなくなると思う。せっかく彦さんと始めた寺子屋から一カ月も経たずに手を引かねばならない。だが、代わりの教師は必ず手配をして寺子屋の授業に支障のない様にするので安心願いたい」

と、格之進から打ち明けられた。彦丸は、

「それは良いお知らせで、おめでとうございます。先生の本当のお仕事が出来る吉報で、何よりです。寺子屋の方は、どうにか致しますから、心配なさらないでください」

「いや、それは私の責任です。少し間が空くかもしれないが、此処に相応しい人材を確保して必ず寄越しますので、その節はお願いします。それにしても、あの五郎君の成長を見守るが楽しみだったが」

「先生、それは私も同感で、きっと素晴らしい人間に成ってくれるでしょう。それで先生、何時お発ちで？」

「いや、今すぐと言う訳では無いと思うのだが。今度、一馬が来た時になるだろう。その時は皆さんに改まった挨拶もできずに出立をせねばならぬと思う」

「お嬢さんもご一緒に？」

「いや、一馬が来た時には、絹はもう診療所に行っていたので、今夜、絹には話すつもりだが。しかし絹も、もう一人前の大人だし、黙って父親に付いてくるとも思えん。藩邸に住まわっても絹のなすべき仕事が有る訳では無し、今日この頃の診療所内の絹の生き生きとした仕事ぶりを見ておると、何と言いだすやら」

彦丸は格之進の胸中が察せられるので黙っていた。

外の風雨が強まって来た。

「先生、どうやら今夜は嵐になりそうですね」

「この様子じゃかなりの荒れ模様になるな。彦さん、この辺りは水の出る心配は無いのかい？」

「此処の寺山一帯に水が来ると言うのは聞いたことが有りません。ですが、庄屋さんが住む田畑の方は中川の河川敷から続いていますから、何年かに一度は水に見舞われる事も有るようです。ですが、それが有るので畑が肥沃になると、庄屋の田沢さんが言ってました」

「なるほどね」

「それに、今年の秋の取入れは既に済んでいるはずですから心配ないと思います。先生、明日の授業は休みにして頂けませんか？」

「なぜだい？」

「もし雨がやんでいたら、夜明けの頃に深川の海岸に行ってみたいのです」

「どうして？」

「海岸には荒波に打ち上げられた貝や魚、その他考えらない様な物が砂浜に打ち上げられているんです」

「それをよその人より先に拾おうと言うんだね」

「はい、普段買えない様な貝や魚、それに薪にする材木なども上がっています。少しは家計の助けにも成りますし、第一物凄く楽しんです」

「彦さんは前にも嵐の後の海岸歩きをやった事あるの？」

「三年前まで住んで居た霊岸島《れいがんじま》で、近所の子供に教わったんで、何回か」

「で、明日は一人で行くの？」

「いや、家の子三人と、これから村へ行って、寺子屋に来ている子の家を回り、明日の授業の休みを告げます。それと雨が上がっていたら夜明けの海を見に深川の海岸に行くが、行きたい者は七つ半（午前五時）までに診療所の前に来るようにと、知らせて、集まったもの全員で出かけるつもりです」

「彦さん、私も連れてって貰えないかい？」

「先生もご一緒してくれれば心強い。是非お願いします」

と、言うと、彦丸は蓑笠《みのかさ》に草鞋《わらじ》で身を固め、寺の木立がゴウゴウと音を立てて叫ぶ嵐の中、村へと向かって行った。


次の日の夜明け前、風は時折強く吹いていたが雨はすっかり上がっていた。まだ薄暗い診療所の裏手に、彦丸と格之進、五郎と市蔵と亀吉の三人と寺子屋に通う年長組の四人が集まった。

賄《まかな》いのおばさん二人が彦丸に頼まれて作った朝飯の塩むすびを大皿に一杯運んでくると、子供達が漬物のたくわんを手にむすびを食べ始めた。彦丸と格之進も皆と共に食事を済ませ、水の入った竹筒をそれぞれに持たせて、一同が夜明けの海岸を目指して出発した。

彦丸は一人、着物の裾を尻っぱしょりにして、竹で編んだ籠を背負い、中には縄の束も用意されていた。

立花村を出て福神橋を渡り、そのまま真っすぐに南へ進む。亀戸村のこの辺りは収穫の済んだ畑ばかりで、薄明りの中、農家がポツリポツリと見えるばかりだった。小名木川《おなぎがわ》に架かる橋を南に渡った頃には空も白み始め、雲は多かったが青空も覗いていた。

気が付けば、足元は既に砂地で、その先に海が見え、左に伸びる房総半島の上の雲は真っ赤に輝いていた。皆が海岸に立った時。打ち寄せる波はまだ渦を巻いて高く、時折吹く風は強かったが、波打ち際の見通しは十分に利いた。

彦丸が皆を集めて話し始めた。

「今から貝拾いを始めよう。波打ち際を歩き、赤貝、蛤を拾い、今から渡す袋に入れる事。浅蜊は拾わなくてもいい。獲物は後で集めて皆で平等に分けるから、慌てず、水の中へは絶対に入らない。まだ波は荒く引き波が強いから足を攫《さら》われたら命にかかわる。以上の事を守ってゆっくり始めよう」

彦丸の掛け声に七人の子供達がオウと応えて、それぞれ一尺幅の木綿袋を受け取ると波打ち際へ駆け出して行った。

柳田格之進は砂浜に木綿袴に草鞋履きで脇差を腰に差して仁王立ちとなり、腕組みをして雲間から顔を出した旭日を見守っていた。そこへ彦丸が声を掛けた。

「先生、江戸湾の日の出は如何です？」

「うーん、江戸の海に限らず、大自然の日の出を見るのは、感無量だ。久々に清々しい気分を満喫しておる。時に彦さん、子供達は駆け出して行ったが、貝拾いの面倒は見てやらなくて良いのかい？」

「大丈夫ですよ。村の子達は初めてではないはずですから。此のあたりの貝を拾い終えたら、流木を集めさせます」

「流木？　流木を集めてどうする？」

「薪《たきぎ》ですよ、焚き木。中には海から打ち上げられた丸太や板切れ。枯れていますからいい薪に成ります。それを皆で診療所に運びます。炭屋から薪を買うより、安く付きますからね」

「その焚き木の運び賃を皆に払うのかね」

「そうです。貝なども皆で分けたら、家へ持って帰りたい者はもって帰ればよし、小遣いの欲しい者には買い取って、銭を渡します」

「ほう、持って帰る者と、銭にする者とどっちが多いかね？」

「大概はお小遣いとしての銭ですね」

「そうか、そうして子供達も金銭感覚を身に付けると言う訳か」

と、格之進は笑いながら得心顔で頷いていた。

子供達は早くも彦丸と格之進の居る所より、東に二丁も先の海岸に居た。そして皆で何やら言い争いをしている様子に彦丸は気が付いた。

彦丸は格之進を促し、まだ高波の打ち寄せる海岸を走り、子供達の傍にたどり着いた。そこは波打ち際から五間ばかり離れた場所で、一坪ばかりの潮だまりが有る所だった。

「おい、何があった？」

と、彦丸が皆に問えば村から来ている年長組の一人の武が、こん棒を手にして、

「おいらが見つけたこの鱶《ふか》を殺そうとしたら、五郎が『止めろ』と言うんだ。おいらが見付けたんだから勝手だろ？」

と、彦丸に訴えた。

彦丸が彼の指さす潮だまりを見ると、其処に二尺ばかりの大きさの子供の鱶が居た。鱶は傷一つない青灰色の肌をくねらせて、深さ一尺程の潮だまりに居た。引き潮時の波に乗り遅れたらしい。

彦丸が五郎に、

「五郎、武が見付けた鱶だろう、なぜ殺しちゃあいけないのだ？」

と、訊いた。

「だって、まだ子供じゃねえか。可哀想だよ」

と、五郎がブスっとした声で言った。

その声を聴いて、一瞬一同が静かになった。

その時、柳田格之進が大きな声で、

「よーし、其の鱶《ふか》を先生が三十文で買った。その銭を皆で分けたらよかろう。それでどうだ？　武」

「先生が買ってくれるんなら、おいらはいいさ」

と、武が答えた。

「よーし、じゃあみんな、そろそろ薪拾いを始めてくれ、四半時（三十分）で引き上げるぞ」

と、格之進が告げると、四方へ皆が散って行った。格之進は五郎を呼び止め、

「五郎、その鱶を海へ帰してやれ。この袋に鱶の頭を入れると、おとなしくなる。生き物は眼が見えなくなると大概はおとなしくなるのだよ。まだ波は荒いぞ。裾をまくって、足を波に取られないよう気を付けて、そいつを抱えて行ってこい」

と、格之進が彦丸から受け取った木綿の袋を五郎に渡すと、五郎は裾を高ばしょりにか

らげ、潮だまりに入ると難なく鱵を抱え上げ、海へ向かって駆け出して行った。

このやり取りを見ていた彦丸が、格之進の傍により、

「先生有難うございました。五郎の奴、災難で自分達の行き場を失った境遇に、あの鱵の身を重ねて、あんな事を言ったんだと思います」

「私もそう思う。利発な子だよあの子は」

そこへ五郎が鱵を海へ放し、晴れ晴れとした顔で戻って来た。そして、

「先生、鱵のガキが『先生に宜しく言ってくれ』って海へ帰りました。先生、本当にありがとう」

と、五郎は深々と格之進に向かって頭を下げ、顔を上げると、ニヤッと笑って駆け出して行った。

「こら、大人をからかうと承知せんぞ」

と、大声で笑いながら格之進が怒鳴っていた。

海はまだ荒れていたが、秋の朝日は嵐の後の澄んだ空の高みへ向かいながら輝いていた。

この日の収穫を持って皆が診療所の賄《まかな》い場の前に帰って来たのが四つ半（午前十一時）を過ぎていた。収穫は少なめだったが黒い握りこぶし程の赤貝が十八個、蛤二十二個と焚

き木が九束。焚き木はみなで拾い集めた大小の流木を、彦丸持参の鉈《なた》で切り分けられ、荒縄で背負いやすく束ねて持ち帰った物だった。

彦丸が村の子供達に、赤貝と蛤を家へ持って帰りたい者を募ったが、全員銭がいいとの答えだった。そこで、それらを診療所が買い取る形で引き取り、一人に二十五文の銭が支払われた。

村の子供達は喜々として帰って行った。だが、五郎だけは一人この場に残り、彦丸に、

「彦さん。おいらの分は、柳田先生に返しておいてくんな。鱶《ふか》を助けてくれた分には足りないが、この銭をおいらが貰う訳にはいかねえよ」

と、言って市と留の後を追って部屋へ帰って行った。

診療所の食堂で、この日の昼食を取りながら彦丸は隣に座って箸を使う格之進に、先ほどの五郎の件を話して、二十五文を差し出した。

格之進は苦笑いして銭を受け取り、

「五郎らしいな。これは受け取っておこう。さもないと五郎の矜持《きょうじ》に傷を付ける事に成ってしまう。彼奴は何故だか私の気持ちを嬉しくさせてくれる。だが彦さん、あの子がどの様な大人に成長するか見届けてみたいものだったが、そうも行かなくなった」

「どうしてです？　先生」

「先ほど、娘の絹から話を聴いたのだが、今朝四つ（午前十時）頃に藩邸からの使いの早馬が来て、佐々木一馬からの書状を届けて寄こした。それに寄ると、昨夜、藩主の病状が急変、ご逝去なされたとの事。付いては若殿の御意向で、私は明日、藩邸へ帰参せねばならなくなった」

　これを聞いた彦丸は驚いたが、心の底から
「それは先生、おめでとう御座います」

と、祝意を述べた。だが、格之進は浮かぬ顔をしていた。

「先生、何か気がかりな事がおありですか？　浮かぬ顔をしておりますよ」

「うむ、私は本来の仕事が出来る喜びが有るが、娘がな。昨夜じっくり二人で話し合ったがやはり藩邸には戻りたくないと申しおった。そこで彦さん、娘をこのまま此処に置いて貰う訳にはまいらぬか？」

「何です先生、そんな事ならこっちとしては大歓迎です。ですが、柳田家として、一人娘と別れ別れに成ってもいいんですか？」

「うーん。家の存続を考えるより、娘の幸せを考えてやるのが先だろうと思う」

「分かりました。あのお絹さんが決めた事なら喜んで手助けさせて頂きます」

「有難う彦さん。これで私も次の一歩に踏み出すことができます」

と、格之進は彦丸の手を取り深々と頭を下げた。


次の日の朝は初冬を感じさせる冷気であったが、快晴で風もなく穏やかな日和だった。

診療所と長屋の連中の朝食の支度に忙しい厨房《ちゅうぼう》からまだ煙が立ち上っている最中に、格之進が娘の絹を連れて彦丸と春の長屋へやって来た。春は夕べ、彦丸から、格之進の事情を聴かされていたので、二人を直ぐに招き入れ、部屋に上がってもらった。

格之進は昨日と同じ、茶色の綿の着物に濃紺の綿の袴をはき、同じ色の羽織を着ていた。絹は何時でも診療所の仕事に着けるように白の割烹着を身に着けていた。

彦丸は格之進が別れの挨拶に来たことを悟り、先ずは此処の診療所の長、良庵に事の運びを説明しておこうと、格之進、絹の両名を伴い、朝飯前の良庵の元へ足を運んだ。

彦丸から格之進の事情を聴いた良庵は、格之進の新しい門出を祝う言葉を述べた。そして、ここまでの絹の診療所における働きぶりを褒め、残ってくれるなら、診療所としても大いに助かると、歓迎の意を述べた。

朝食の支度が整い、何時もの様に、良庵、彦丸、春、松おばさん、賄い婦の菊と留、五郎と市蔵と亀吉が席に着き、格之進と絹を迎い入れて十一人の顔が食堂に揃った。

良庵が一堂に、格之進が晴れて彦根藩江戸上屋敷に帰参することを伝え、娘のお絹さんは診療所に残ってこれからも仕事を手伝ってくれると告げると、歓声と拍手が起こった。

この後、格之進が今まで世話に成った礼を述べ、「娘の絹を宜しく」と挨拶して、良庵の発声で賑やかな食事が始まった。

食事が済むと、五郎が格之進の席に歩み寄り、

「先生、いろいろ有難うございました」

と、丁寧に頭を下げていた。格之進が、

「五郎、急がずとも好い。しっかり勉強をして、他人の為に働けるような人に成ってくれよ」

と、五郎の手を握り、嬉しげに励ましていた。

この後、五つ半（午前九時）頃に佐々木一馬が馬に跨り、もう一頭の栗毛の駿馬を引いて診療所にやって来た。皆が既に仕事に着いていたため、彦丸だけが見送りに立ち、柳田格之進は颯爽と馬に跨り、挨拶もそこそこに彦根藩江戸上屋敷へと帰って行った。

この朝、辺りの木々の葉は赤や黄に色付き始め、空は何処までも高く、青く澄み渡っていた。

三　鍵屋権六の企み

この秋の天候は穏やかな日和が続いていた。九月も後五日程で過ぎ去ろうという日の八つ半（午後三時）過ぎ頃、西念が彦丸の住む長屋に慌ただしくやって来た。彦丸は丁度長屋に一人で居たので西念を直ぐに招き入れた。西念は落ち着かない様子で彦丸の前に座ると、

「彦さん、ちょっとややこしい事に成りそうな話なんだがね」

「何だね西念さん、落ち着いてゆっくり話しておくれ」

「うん、済まんが、先ず水を一杯おくんなさい」

彦丸が台所へ立って行って水瓶から湯飲み茶椀に柄杓《ひしゃく》で水を汲んでくると、西念はこれを一気に飲み干した。

そして話し始めた。その話に寄ると

四半時（三十分）位前に西念が一人で居た庫裏《くり》に三人の男が訪ねてきた。三人の風体は

見るからにヤクザ者だったが、それだけに西念は丁寧に招き入れた。一人は小太りで大柄な茶弁慶の着物を着て太い縦縞の半纏《はんてん》を着ていた。刀は持たないがこの人が親分らしかった。後の二人は脇差を指しているが身幅の狭い着流しで、小太りの男の子分の様だった。

三人は庫裏《くり》の中を見回していたが、親分らしき男が、

「おい、本堂の方を見てこい」

と、子分の二人に言いつけると、二人は本堂に向かい、暫くして戻って来た。

「どうだった?」

と、親分が訊けば、

「畳も新しく、綺麗に掃除も行き届いてますが、祭壇に仏さまは一体も有りませんや」

と、答えた。

親分肌の男が西念に自分の名も名乗らずに言ったそうだ。

「おい、坊さんよ。お前さん誰に頼まれて此処の坊主をやってんだい?」

「はい、此処の彦丸さんです」

「何だい、その彦丸って男は?」

「この寺や、そこの診療所の面倒を見ている人です」

「ふん、じゃあ、そいつと話をしたほうが早そうだ。直ぐにその彦丸って奴を呼んで来い」

と、言う訳で西念は何か嫌な予感を感じながら慌てて彦丸の所に飛んできた。

彦丸は西念の話を聴いて居て、その三人が誰だか大よその見当は付いていた。

彦丸が名主の田沢文蔵と話し合って此処の常光寺に西念を住職として入れたのが足掛け四年前、その一年の後、ここを開拓して診療所と長屋を作り、この村に良庵を初め、皆で住み始めてから三年の歳月が流れている。

この間の事情を詳しく知っている者は、名主の田沢文蔵、彦丸、良庵の三人だけで、春を初め松おばさんさえも彦丸と良庵に付いて来て移り住んだだけなのだ。

彦丸は何か事が起きた場合は自分が率先して、事の解決に当たらなければならないと言う覚悟は持っていた。

彦丸は唐桟《とうざん》柄の一重の着流しに紺色の半纏《はんてん》を引っ掛けると、西念と共に寺の庫裏へと足を運んだ。半纏の襟には「立花村」と、白く染め抜かれていた。

庫裏の腰高障子を開けて彦丸と西念が土間に立つと、部屋の囲炉裏《いろり》の前に並べた座布団に三人が座っていた。彦丸の姿を見て、子分らしき二人が立ち上がり、親分の後ろに立った。

彦丸は構わず、

「あたしが、立花村の差配《さはい》を任されている彦丸と言う者ですが、何かごようでしょうか？」

「ああ、黙って上がらして貰ったが御免なさいよ。あっちは深川で祭りなどの仕切をしている、鍵屋一家の権六と言うもんだが、少し話が有って寄らして貰いましたよ」

「そうですか。じゃ、あたしも座って話を聞かせてもらいましょう」

と、彦丸は座敷に上がり、囲炉裏《いろり》を挟んで権六の正面に正座をして座った。

西念は、客に茶でも入れようと竈《かまど》の方に動き始めた時、

「坊さん、俺っちには構わんでくんな。それよりお前さんも一緒に話を聴いて貰おうじゃねえか」

と、権六が西念を呼び止めると、西念を彦丸の斜め後ろに座らせた。

権六は胡坐《あぐら》をかいた脛《すね》を掻きながら、鷹揚な口調で話し始めた。

「話と言うのは、かれこれ五年も前の事なんだが、この寺の坊主が俺に借金をして、そいつを踏み倒し、ここから夜逃げをしたことは、田沢さんから聴いているんだろう」

「はい、聴いて居ります」

「その後に、お前さんがそこの坊主を此処に入れたらしいな」

「はい、名主さんから寺を守る人がいなくて、村の盆暮れの行事や葬式もできないで困っているると聞かされ、此処にいる西念和尚に私が頼んで、住職に成ってもらいました」

「それからこっち、寺の景気も持ち直し、去年の正月や盆、今年の初詣や盆踊りも大層な賑わいを見せてるじゃあねえか」

「お陰様で村の皆さんと一緒に一生懸命頑張ってやっております」

「ならばそろそろ、借金の方もけりを着けて貰おうか」

「何の借金でしょう?」

「とぼけるな。夜逃げをした坊主に貸した金に決まってらあ」

と、小太りが声を荒げた。

彦丸は落ち着き払っていた。

「夜逃げをした住職が作った借金を何も知らない我々に返済しろと言われましても困ります。その夜逃げをした坊さんを捕まえて請求していただかないと私どもでは何とも」

「利いた風な口を利くじゃあねえか。じゃあ、先代の坊主の借金は払えないと言うんだな」

「はい、あの折に売り払われたご本尊の阿弥陀様を初め、鉦《かね》や燭台《しょくだい》など、金目の品は未だに揃えることも出来ない貧乏寺で御座いますんで」

「おい、彦丸さんとやら、聴きようによっちゃあ、俺っちが、寺の金目の品を売り払った様に聞こえるが？」

「飛んでも御座いません。勿論売り払った奴は、夜逃げをした坊主に決まっております。ですから、その坊さんから頂戴して頂かないと」

「うるせえやい。お前さんじゃ埒《らち》が空かねえ。これから名主の田沢さん所へ乗り込んで話をつけらあ」

　この言葉を聞いて彦丸が重みの利いた言葉で、

「親分さん。それは待っておくんなさい。あたしもこの寺の差配を任されている人間です。じかに名主の家へ乗り込まれたんじゃ、あたしの立つ瀬が有りません。この話はあたしが預かり、名主さんの言い分を聴いて、改めて親分さんにお答えしたいと存じますが、如何でしょう？」

「ほう、だったら任せようじゃねえか。逃げた坊主に貸した金が三十両。それと、正月と縁日の出店の地割《じわり》の権利。それと正月と盆に寺で開く賭場の権利も渡して貰いてえとな。

勿論上がりの金から部金は払うがね。おめえの顔を立てて、この交渉を任せるが、どうでえ？」

「有難うございます。坊主の借金三十両。それに寺の催し物の時に出る出店の地割の権利と寺で開く賭場の権利の交渉。この彦丸が名主さんからはっきりした返事を貰って、親分さんにお届けいたします」

「ほう、で、何時返事を貰えるかな？」

「今日が九月の二十六日ですから、区切りの良い所で十月の十日で」

「随分長くかかるじゃあねぇか」

「はい、名主の文蔵さんは、今朝早くに川崎の御親類へお発ちに成りましたので、お帰りを待ってからでないと話が纏まらないかと」

「よし、じゃあ、その時分にまた、顔を出さあ」

「いや、わざわざのご足労には及びません。返事が纏《まと》まり次第、あたしが親分さんのお宅へお伺いさせて頂きます」

「お前さん、わっちの家を知ってんのかい？」

「深川で親分さんの家を訪ねれば、知らぬ者は御座いません」

「よし、彦丸さんとやら。この話はお前さんに任せよう」

と、鍵屋権六が言った。そして子分の二人を引き連れ、雪駄《せった》のうら金を鳴らしながら帰って行った。

彦丸と権六のやり取りを、傍で聴いて居た西念が、心配そうな顔をして彦丸に話し掛けた。

「彦さん、大丈夫かね。権六の奴、ちっとやそっとじゃ、折れねえ様な剣幕でしたぜ」

「西念さん、心配しなさんな。私が何とか纏《まと》めて常光寺には手を出させませんから」

と、彦丸は西念を宥め、暫く無言で天井を睨んでいた。

彦丸は、この話は自分が纏めなければならないと、腹をくくっていた。借金を背負わせて住職が夜逃げをしなければならなくなるまで、追い込んヤクザだ。そんな堅気者の尻の毛羽まで抜くようなヤクザに、二度とこの寺と村に手を出させないと、彦丸は心を決めて、名主の文蔵宅へ向かっていた。

この時期になると日の入りが大分早くなってきていた。

彦丸が分厚い茅葺《かやぶき》屋根の田沢文蔵宅の前に立った時には、家の中に早くも灯が点っていた。

「今晩は。彦丸ですが、名主さんはご在宅でしょうか？」

「おお、彦さんかえ。構わないから入っておくれ」

と、直ぐに文蔵の声が帰って来た。入口の戸は長屋の腰高障子より二回りも大きい、どっしりした格子作りの骨組みで作られ、立派な物だった。

「夜分に申し訳ございません。早急にご相談したいことが出来まして参りました」

「そうかい、今、ここは私一人だから丁度いい、まあ、お上がんなさい」

と、文蔵が彦丸を招き入れた。

この家の作りも、寺の居間の作りと似ていて、入った所は土間で左に囲炉裏《いろり》の切られた板の間が続いていた。最も板の間の広さは、村人が集まれるような二十畳の広さがあった。囲炉裏には粗朶《そだ》が燃やされていた。

「もうこの時刻に此処に座っていると、肌寒さを感じてね。いま、お茶を入れるからお座んなさい」

と、文蔵は自分の座っていた囲炉裏の位置の斜前に彦丸の座布団を置き、急須《きゅうす》に鉄瓶の湯を注ぎ、彦丸にお茶を差し出した。

彦丸が席に着き、一服茶を頂くと、

「彦さん、いい話じゃなさそうだが、伺いましょう」

と、文蔵は自分も茶を飲みながら、彦丸を促した。彦丸は茶碗を置くと、

「話は五年前に夜逃げをした常光寺の住職の件に託して、深川の鍵屋権六と云うヤクザがやってきたんです」

と、先ほどの、権六とのやり取りを、過不足なく話し始めた。

彦丸の話を熱心に聴いて居た文蔵が、

「彦さん、話の内容は分かった。だが、先代の住職が作った借金を返せと言うのは建前で、本当の狙いは寺の縁日の地割《じわり》の権利と、また、寺で博打場《ばくちば》を開きたいと云うのが本音じゃないかね？」

「はい、私もその様に思います。ここ二年程の常光寺の年末年始の賑わいは、近郊の人も訪れ、大層な人出ですからね。其処に目を付けてきたと云う訳でしょう」

「と、すると。三十両を払ったからと言って、獲物に取り付いたハエの様に、獲物が有るうちは離れないと云うのが、あの輩《やから》の常だがね。彦さんはどう思うかね？」

「はい。私はヤクザという輩は大嫌いです。何も世の中の役に立つ様な仕事をするわけで

無し、その上、賭場《とば》を開いて、堅気の人間をも誘い込んで、その儲けで食っている人間などと関わりなど持ちたく有りません」

「私も、彦さんと全く同じ考えなんだ。しかし、寺にあれだけの人が集まってくると、彼らも指を咥《くわ》えて、黙って見ている訳には行かないだろうしね。

私は彦さんに寺の再建を持ち掛け、立花村に診療所まで作って貰い、寺子屋まである。正直言ってこの村が此処まで発展するとは思ってもみなかった。何から何まで彦さんに任せっぱなしで、申し訳なく、有り難いと思ってます」

「何を仰るんです。こんなことを言うのは口幅ったいですが、私のような人間が、少しでも他人さまの役に立てる事ならと、名主さんのお力を借りてやって来ただけです。田沢文蔵と云うお人に出会えなかったら、此処まで遣っては来られなかったでしょう。ですから、これからの村の発展の為にも、無頼な輩との繋がりは避けたほうが良いと思います」

「私も同感です。だが、ヤクザとの関わりを避けて通れますか？」

「お上の手を借りるというのは如何でしょう」

「お上の手というと？　賭場の件を町奉行所に訴えるとか？」

「いや、寺社奉行の方から直接『常光寺での博打の開帳はならん』と、鍵屋一家に言って頂くんです」

「うーん、だが、彦さん。常光寺が寺として寺社奉行の方で認めてくれるかどうか？」

「どういう事です？」

「常光寺は最初から寺として建立するとお上に届け出て許可を取った建物ではなく、田沢の曽祖父が村の集会所として建てたものだと聞いて居る。それが村の便宜上、冠婚葬祭に役立てているうちに、管理人とし坊主を置いた為、村の者が寺と思っているのだ。だから、寺社奉行で取り上げてくれるかどうか？」

この名主の言葉を聞いて、彦丸は腕組みをして考え込んでしまった。暫くして手元にある冷めたお茶を一口飲んだ彦丸が、

「それでは一つ伺いますが、私達が使わして頂いている薬草畑と診療所、長屋の土地は誰の所有地です？」

「それは寺の持ち物というか、村の持ち物と言うか。今まで村全体で管理してきた土地でね。田沢家の土地とは、一応の線引きは出来ているんだが」

文蔵のこの言葉を聞いて、彦丸はまた考え込んでしまった。

其処へこの家の下働きの、若い女が顔を出し、お茶の支度を運んできたが、文蔵に何か

を囁かれ、茶道具をそこに置くと、黙って部屋を下がって行った。

　彦丸が先に口を開いた。

「如何でしょう、常光寺を寺社奉行に登録しては。そうすれば、奉行所の方から、鍵屋一家の方に口を利いていただけるのではないかと、考えているんですが」

「だが彦さん、奉行所に登録すると言っても、名主の私が申し出をして、受け付けてくれるものかね？」

「その辺の所をどうすれば良いのかを聞きに行ってみようかと」

「何処の誰に？」

「ほら、今月の中頃に、うちの長屋から彦根藩江戸屋敷にご帰参なさった柳田様を訪ねて、その辺の事を聴けば、道が開けるかもしれないと。奉行所の事はお武家様に訊いたほうが早道かと思いましてね」

「成るほど。あの柳田様なら、その辺の所をよく教えて下さるだろう。それで彦さん、いつ柳田様を訪ねるつもりだい？」

「善は急げと言いますから、明日には訪ねて見ようかと思います」

「そうかい。だったら、もし寺社奉行に登録できる様なら、多少の経費が掛かっても構わない。彦さんが良いと思う方へ、どんどん事を運んで下さいよ。この立花村は私が彦さんと知り合ってから発展を遂げて来た。ですから彦さんは立花村の差配《さはい》として事を運んでください。この田沢文蔵、彦さんが遣ることに反対は致しません。この件に関して全権を彦さんに委ねますから、宜しくたのみますよ」

と、文蔵は彦丸に頭を下げて頼んだ。

「でしたら、明日、一番で彦根藩邸へ行ってみます」

と、挨拶をして名主宅を辞去した。

翌日も好天だった。彦丸は朝食に炊き立てのご飯で握り飯を作ってもらい、腹ごしらえをすると、直ぐに、江戸城桜田門外の彦根藩江戸屋敷へと向かった。

藩邸の御門の前に立った彦丸は、唐桟縞《とうざんしま》の着物に紺無地の羽織を着て髷《まげ》も整え、何処かのお店の若旦那らしく見えた。

四十日ほど前、立花村へ引っ越した柳田格之進の使いでこの藩邸を訪れた時に感じた、黒塗りの御門の威圧感を今日は感じる事も無く、脇の通用門の扉を叩いた。

この間と同じ三十前後の門番が扉を開けて出てきた。

「手前は、東本所の立花村の彦丸という者ですが、柳田格之進様にお目通り願いたく、お取次ぎをお願いします」

「ご用件は？」

「村に有ります常光寺という寺の件でお伺いしたと、お伝え下さいまし」

「畏《かしこ》まった、暫くお待ちを」

と、門番は木戸を閉めた。

彦丸は、前回訪れた時の飛脚《ひきゃく》の姿と今回の身成りの拵《こしら》えの違いで、門番は二人が同一人物である事に全く気が付いて居ないことに満足していた。

暫くすると、木戸が開き、佐々木一馬が、ニコニコ笑みを浮かべながら現れた。

「やあ彦丸殿、先生が早速お会いに成るそうだ。どうぞ、拙者に御同行下さい」

と、彦丸を門のうちに招き入れた。

御門から玄関口まで長さ一間、幅三間の道は石畳が敷かれ、正面玄関の広さは二十畳。上がり框《かまち》までは黒曜石《こくようせき》の石畳で、十二畳の玄関座敷の正面に一間四方の衝立《ついたて》が堂々と置かれ、そこには一杯の井桁《いげた》の中に橘《たちばな》の家紋が描かれていた。

彦丸は一馬の後に続き、玄関の間に上がり、右手より奥に続く二間幅の廊下を進んで行った。廊下は南側に作られた庭に面し、廊下の左は障子の閉められた座敷が続く。

彦丸は、御門の黒塗りと黒瓦の重々しい感じから、屋敷内も暗い感じかと思っていた。だが、晩秋の朝日を一杯に受けている廊下を歩みながら、屋敷内の明るい感じに心が和んだ。


一馬が障子を開けて、彦丸を招き入れた部屋は、廊下の左側にある、一番奥の部屋で、十二畳の床の間に違い棚の付いた、明るい立派な書院作りの部屋だった。床の間の前には網の掛かった火桶《ひおけ》が置いてあり、向かい合うように座布団が二枚置かれていた。一馬は、

「彦丸殿、先生は直ぐにお見えになられましょう。暫時、あれにてご休息を」

と、火桶の前の座布団を指し、奥へ去った。

彦丸は独り、火桶の前へ行き、座布団を押しやり其処に正座して座った。

あけ放った廊下に差し込む日差しは弱弱しく、庭の松の樹に注ぐ陽の光は松の緑を優しく照り返し、つつじの葉は茶色に変じていた。

廊下に人の気配がして、柳田格之進が現れた。格之進は鉄紺の無地の着物の上下の着流しで、紺足袋を履いていた。満面に笑みを浮かべ、

「彦さん、よく来てくださった」

と、言いながら、彦丸と向き合あって火桶の前に座り、

「彦さんの急な来訪に、娘の絹に何かあったかと案じたが、常光寺の事と聞いてひと安心」

「お嬢さんに限っての心配はご無用です。診療所の皆も、お嬢さんの働きぶりに大助かり、感謝しております。先生のお顔の色もお元気そうで何よりです」

「帰参早々、殿より江戸家老代理の任を仰せ使っておる。なんせご家老はご高齢で有られるからのう。仕事が溜まっていて、余りの多忙に、彦さんへのその後の挨拶も出来なかった。ご勘弁願いたい」

「何を仰せられます。手前の方こそ、突然の来訪で、申し訳なく思って居ります」

其処に佐々木一馬が茶菓子を持って現れ、彦丸と格之進の前に並べ、

「ごゆるりと」

と、彦丸に笑顔で言って、戻って行った。

「彦さん、早速常光寺の件というのを聴かせてもらおう」

「用件は寺社奉行に付いいて、お伺いいたしたくて、罷《まか》りこしました」

「寺社奉行は大名職だが、何を知りたい？」

「はい、それではちょっと長くなりますが、先生のお時間の方は？」

「構わん、聞かせて貰おう」

「それでは、一部始終をお聞きいただいた後、ご指南をお願いいたします」

と、彦丸は、昨日常光寺へやって来た鍵屋権六とのやり取りをそのまま語り始めた。

そして、その後の名主との相談事も格之進に話して聞かせた。

話を聴き終わった格之進が、

「彦さん、話の内容は分かった。要するに、常光寺が寺として寺社奉行の管轄下に有るか無いかを調べ、無い場合は寺社奉行の管轄下に入り、やくざ者の関与が出来ない様にお上の手を借りたい、と、言うことかね？」

「はい、その通りですが、何か不都合な所が有りましょうか？」

「いや、不都合ということは無いが。ちょっと考えさせてくれ」

と、用意されている茶を一口含むと、難しい顔となり腕組みをして考え込んでしまった。

晩秋の柔らかい日差しを跳ね返している庭の池は、波一つ立たない静寂な時が流れた。

やがて格之進の顔に笑みが浮かぶと、

「彦さん、常光寺がこの彦根藩の庇護《ひご》を受けている寺としたらどうかね。そうすれば、私の方で早速、寺社奉行の管轄下に入る手続きは出来る」

「彦根藩の庇護を受けるとは、どういう事でしょう？」

「早い話が、彦根藩士の墓が有り、藩士の菩提寺と言うことにするんだよ」

「と、言うと、偽の藩士の墓を作ると言うことですか？」

「いや、実在する藩士の家の墓を作る。そうすれば彦根藩から寄進米として、年に米十俵位の寄進も寺に入る。どうだ、これなら寺の所有地もそのままで、寺にとっても、一石二鳥だろうが」

「ですが、どなたのお墓を作るんです？」

この彦丸の言葉を聞き、突然格之進が大笑いしながら言った。

「わっはっはっは、このわしだよ、柳田家の墓を作ればいい。どうだ、名案だろう」

「ですが、格之進様は、未だ、この世にご健在です」

「良いではないか。柳田家が常光寺の檀家となり、常光寺は柳田家の旦那寺で有ると言う訳さ」

「本当にそんな事が出来ましょうか？」

格之進の顔から笑いが消え、真顔になった。

「彦さん、わしに今日が有るのは彦さんのお陰だ。あの時、初対面の彦さんに、娘の言うことを聞いて、この身を委ねた。そしてわしの今日が今此処に有る。あの時、融通してくれた五十両の金子《きんす》が無かったら、わしは腹を切っていたか、娘が遊女の境遇に身を沈めていたかも知れん。それが今、彦根藩士として、帰参が叶い、新藩主の元、江戸家老代理の職を仰せつかり、二百五十石を戴く身に成れた。だが、この身は、藩政改革と新藩主の行政の実行に携わり、余りの多忙にて、貴殿への返金もしておらず、娘も貴殿の元に預けっ放しで面目ない。どうか許されよ」

と、格之進は真剣に彦丸に礼と謝罪をした。そして今度は明るい声で、

「と、言う訳でだ。柳田家の墓を作るという事で、立花村の常光寺の件は一刻も早く形を付けたい。だが、この件を実行するに当たり、名主の田沢さんの了解を取らなくていいのかね？」

「はい、名主さんも、この件は直ぐにも解決したい考えで、私が柳田様の所に相談しに行くと言ったら『彦さんは立花村の差配《さはい》だ。彦さんが良いと思ったら、どんどん事を運んでくれ。この件の全権を彦さんに委ねる』と、おっしゃって下さいました。ですから、心配

は要りません」

「だとしたら、早速、寺社奉行の管轄下に入るよう手を打つが、常光寺の山号は何と云う？」

「山号って何です？」

「寺には何何山という、山号があるだろう」

「さあ、名主さんの言うには、元々あの寺は村の集会所として、田沢家の曽祖父が建てたもので、其のうち、便宜上、村の冠婚葬祭で使われる様に成ったものだそうです。後に管理人として坊さんを置いたものだから寺に成ってしまったと、言って居りました。だから、山号なんて無いんじゃないですかね」

「そうか、だが、今は寺として実在しているのだから。よし、では、今此処で山号を拵《こしら》えてしまおう。で、ないと、この話を寺社奉行に持って行き難い。どうだ、太平山と云うのは？」

「どういう訳で、太平山と言うんです？」

「平和で平らな土地にある山だからさ。太平山常光寺、何時も平和で陽が当たっている寺と云う意味だ」

「だけど、平らな土地に有る山って、変じゃないですか？」

「変なものか、浅草の観音様を見ろ。あんな平らな土地に建っていても金龍山浅草寺と言うではないか」

「成るほど、違いない。してみりゃあ、太平山常光寺。いい名前ですね」

と、格之進と彦丸は大笑いをしてしまった。

「よし、そうと決まったら早速寺社奉行の管轄下に入る手続きを進めよう。で、寺の宗派は何にするかね？」

「さあー？」

「田沢家のご母堂の葬儀の時、西念和尚が唱えた経は何を唱えていたかな？」

「お経の事は、私にはサッパリ」

「南無阿弥陀仏とか、南無妙法蓮華経とか？」

「ああ、南無妙法蓮華経と言ってました」

「よし、東本所立花村、日蓮宗太平山常光寺。後見役彦根藩。寄進、年、米、十俵。彦根藩士柳田格之進の墓所。こんなところで、当藩の寺社奉行方に、寺社奉行の管轄下に入る手続きを進める。彦さんの方は、名主と相談をして、わしの墓を早急に拵《こしら》えてくれ」

「そうは言っても先生。敷地とか、お墓の形や墓石の種類とか」

「そんな事はどうでも良い。何なら敷地だけ決めて、角柱に（柳田家、墓建立予定地）とでも、しておいてくれ。其れでないと、もし、役所の方から確認に行かれたら、嘘になる」

「ご尤《もっと》もで」

此処まで話が進んだ後、格之進の態度が急に柔らかくなり
「時に彦さん、ぶちまけた話をするが、墓を作ってもらう代金もそうだが、貴殿に借りている金子《きんす》の五十両、来月の六日頃まで待ってもらいたい。江戸家老代理の禄高《ろくだか》として二百五十石を賜ったと言っても、あくまで領地より収穫の出来た米の中より頂ける禄高であって、この米が現金となってわしの手元に入るのは、日時が掛かる。そんな訳で今、禄高を担保に現金を作って居るが、その金が来月の五日には、両替商の方からわしの手元に入る事に成って居る。したがって、翌六日の昼前に、わしと寺社奉行の役人が立花村へ参り、全てのけりを着ける。悪いがそうしてくれるかな？」

これを聞いた彦丸が笑いながら、

「柳田様、完璧なお計らいに感謝いたします。ですが、お金の方は無理なさらないで下さ

い。何時でも結構なのですから。只、鍵屋権六の方のけりは早めにキッチリ着けたいので、よろしくお願いいします」

と、彦丸は格之進に両手を着いて頭を下げた。

彦根藩江戸藩邸を辞去した彦丸は、真っすぐ立花村へ向かっていた。実を言うと、彦丸自身、ヤクザの件について格之進があんなに真剣に解決策を見つけ、早急に事を運んでくれるとは考えていなかった。何せ、権六には、来月の十日までに返事をすると約束をしていたから、ホッとした。これで名主の田沢文蔵にいい報告が出来ると思うと、自然と足の運びが軽やかに成った。それでなくとも忍者の修行を積んだ彦丸の脚は早い。診療所や長屋を通り越して、名主の家の玄関に立った時は、丁度文蔵が昼食を取ろうとしている所だった。

ニコニコ顔で飛び込んできた彦丸を見た文蔵は、思わず笑顔になると、

「彦さん、早かったね。その顔つきを見ると吉報だね?」

「はい、こんなに早く、話が纏《まと》まるとは思いませんでした」

「それは良かった。話を聴く前に、昼飯を一緒に食おう。良い話はゆっくり聞きたいから

ね」

　と、文蔵が彦丸を誘うと、

「有難うございます。では、ちょっと手を洗いに」

　と、彦丸は井戸端へ足を運んだ。

　昼飯はお茶漬けだったが、副菜にイワシの塩焼きが付き、香の物も大根を始め、辣韮《らっきょう》、生姜《しょうが》などが有り、十分に美味しかった。

　食後の茶を味わいながら文蔵が彦丸に、事の次第を話すように促した。

　文蔵は彦丸から、柳田格之進の墓を常光寺裏にある立花村の墓地に建立し、常光寺が彦根藩の庇護《ひご》を受け、年に米一俵の寄進を受ける事を聞いた。そして、山号を太平山と決め、太平山常光寺が日蓮宗の寺として、正式に寺社奉行の管轄下に入る手続きをする事に成ったと聞き、大変な喜び様だった。

「でも彦さん、柳田様がよくそこまで、面倒を見て呉れたものだね？」

「はい、ヤクザの介入阻止に、お上の手を借りたいと申し、其の為には寺社奉行の管轄下に入る事が肝心ではないかと尋ねたら、寺社奉行は大名職だから、彦根藩からも出仕している者が居り、話は通し易いとおっしゃり、あれこれ考えて下さいました」

名主の田沢文蔵は、彦丸と格之進との出会いの経緯を知らないため、事の成り行きに感心する事絶大だったが、彦丸は余計な事は、一切話さなかった。

「ですから、柳田様の墓を、十月五日までに作って置くようにと」

「おいおい彦さん、柳田家の墓を作ると言うが、墓地の大きさとか、お武家様にはお武家様の型とか、いろいろ有るでしょう。十月五日迄には出来る訳がない」

「御免なさい。私の話が先走りをしてしまいました。早い話が、十月六日に柳田様と寺社奉行の役人が、この立花村へ来て、常光寺が柳田家の菩提寺であることの確認をして、それからその足で鍵屋一家へ行き『寺社奉行として、常光寺において賭博《とばく》の開帳を始め、縁日などへの一切の関与を禁じる』と、言って頂く手筈になっているんです。ですから、墓地の場所に〈彦根藩士柳田格之進の墓建立予定地〉と書いた角柱を建てておけとの仰せなんです。早い話が鍵屋一家に常光寺へ手を出させない為の方便なんです」

「そうすると、柳田様の墓を建てると言うのは？」

「いやいや、それは本当の話です。お嬢さんの居る立花村に墓を建てると言うのは、柳田様の本心です。ただ、鍵屋一家との一件は早くケリを着けないと、年末年始のお寺の催し物に差し障りが有ってはいけないとの、柳田様のお考えなんです」

「そういう事だったのかい。考えてみれば格之進様はまだご健在なんだし、実際の墓所の建立は後でゆっくり考えてもらえばいい。そうと決まれば、早速我が家の墓地の隣に柳田様の墓地を確保して、〈柳田家墓地建立予定地〉の柱を建てて置きましょう。この件は彦さんに一切を任せたんだ。差配人さん、いろいろご苦労様、今後ともよろしくお願いしますよ」

と、名主の田沢文蔵はホッとした様に微笑んだ。

翌朝、彦丸は、西念が朝のお勤《つと》めを済ませ、寺の掃除を終え、食事を一人で取っている所へ顔を出した。

西念の一人暮らしは、霊岸島《れいがんじま》の徳兵衛長屋の時から変わらず、常光寺の住職として此処に住み込んでからも、何でも一人でこなしていた。

西念が彦丸の来訪に気が付き、箸を置き、

「おや彦さん、今日は早くから顔を見せると言うことは、何かいい話でもありますか？」

「おお、いい話のコンコン古さ」

と、彦丸は笑うばかりで何も言わない。

「焦らさないで、何が有ったのか、早く教えなさいよ」

「あいよ、西念さん。一昨日の鍵屋権六の件、何とか上手く収まりそうだよ」

「それはまた、どういう具合に？」

「この常光寺が寺社奉行の管轄下に入り、お上から『この寺で賭場《とば》の開帳はならん』と言ってもらう事にしたのさ」

「ほう、しかし、どんな方法で、お上の手を借りられる事に成ったのかね？」

そこで彦丸は、自分が、名主の田沢文蔵と相談をして、彦根藩に帰参した柳田格之進を江戸藩邸に訪ねた一件を、事細かく話して聞かせた。

「と、言うことで、この常光寺は彦根藩の庇護《ひご》を受ける寺社奉行の管轄下に有る寺に成るんだ」

「へえ、そりゃまた結構な話で」

と、言ったまま西念は黙り込んでしまった。

「西念さん、この寺が寺社奉行の管轄下に入ると、何かまずい事でも有るのかい？」

彦丸の問いに西念が下を向いたまま、ぼそぼそと話し始めた。

「だって彦さん。そうなると、何処かからチャンと修行を積んだ坊さんが、この寺に入る事になるんだろ?」

　この言葉を聞いた彦丸は、ガツンと一発食らった感じがした。今まで西念が此処に来てから安穏な暮らしをしていたとばかり思い込んでいた。お経も満足に唱えられぬ乞食坊主の西念が、一ケ寺の住職に収まっていた不安を、感じて上げられなかった自分に、腹が立った。彦丸は西念の疑念を払拭して上げようと、ゆっくり、優しく語り始めた。

「西念さん、そんな事はないんだよ。柳田様と私との関係は他人には言えないが、深い事情が有ってね。柳田様は心底、この寺を守る工夫をしてくれたんだ。だから、柳田家の墓をここの墓地に作り、常光寺の檀家となり、彦根藩から常光寺が、年十俵の寄進米を受けられる事にしてくれた。私は、西念さんは南無妙法蓮華経と自分で覚えた法華経の一節しか唱えられない事も話した。柳田様は『それで結構、常光寺の宗旨は日蓮宗、山号は平らな土地にある寺だから太平山、と名付けて、太平山常光寺。平らで平和な、何時も光が当たっている寺だ』と、言ってくれてね。西念さんはこの寺の立派な住職に変わりはないんだよ。だから、今まで道理、安心してお勤《つと》めに励んで下さいよ」

　と、彦丸は西念の手を取って慰めた。

　彦丸の言葉を聞いて、西念は心の安らぎを覚えたものか、下を向いたまま彦丸の手を握りしめ、涙を流していた。

暫くして西念が、力のある声で言った。

「だがな、彦さん。寺社奉行の方から『賭場《とば》の開帳を始め、常光寺に一切関わるな』と、言って貰っても、あの輩《やから》が黙って手を引きますかね？」

「うん、そこなんだ。私もそう思う。次にどんな手で来るか、あらかじめ用心した方が良いとは思うのだが、今のところ考えが及ばない。そこで、ちょっと嫌な事を西念さんに訊きたいんだが、いいかい？」

「あたしで役に立つんなら、何なりと聴いておくんなさい」

「西念さんは若いころ、ヤクザの下働きをしていたと言ってたよね」

「はい、二十歳の時から五年の間、浅草の『扇屋』という親分の下で、主に博打場《ばくちば》の面倒を見て来ました」

「そこで私が知りたいのは、ヤクザって本当はどんな稼業で食っているのか、知りたいんだ」

「彦さん、どんな稼業かって言われても、真っ当な仕事ばかりじゃねえ。世の中の役に立たねえ事、いや、もっとはっきり言えば、他人の迷惑も考えず、汚い事でも平気でやって稼ぐから、ヤクザって言うんじゃねんですかい？」

「尤《もっと》もだ。だが、本業はあるんだろ？」

「あたしが世話になっていた親分の本業は、一家を持つ前まで、縁日の屋台で扇を商っていたそうですがね。そこから今の屋号を扇屋というですが。屋台の店を張っている同志でゴタゴタが起こると、間へ入って事を収める、腕っぷしの強いお人だったらしい。そんな所から、浅草界隈のテキ屋に収まったと聞きました」

「テキ屋と言うのは、縁日で色んな品を売ったり、よその商人がどの場所で商売をするかを、決めたりする、地割《じわり》やのことだろ？」

「そうです。だが、自分も縁日で儲かりそうな品なら何でも売ります。それらの品を売る若い者を大勢抱えてね。だが、この若い衆を毎日食わして行くのにゃ、縁日の稼ぎだけじゃ、とても食わしちゃ行けねえ。そこで、みなさんが遊びに出る寺の縁日などに、寺の側に筵《むしろ》で囲っただけの小屋で賭場を開いたり、寺の近所の料理屋などの座敷を借りて博打《ばくち》の御開帳と成るわけですよ」

「なるほどね。博打の上がりの方が、品物を売るより、利益は断然いいわけだ」

「だが、親分と呼ばれる人の中には任侠に厚い人もいるけど、だからと言って、子分全員が満足する程の金銭を与えている訳じゃねえ。ましてや真っ当な仕事にゃ着けねえ遊び人が、子分に成る訳だ。こいつ等が、金欲しさから平気で悪さをする。だから、ヤクザと言ってもピンからキリまで有ると言うことです」

「じゃあ、蕎麦屋で丼の中に虫が入っていた等と言い掛りを付けて、金を強請る輩《やから》とか」

「そんな事をする奴は下の下だね。第一、名のある商店じゃ、因縁を付けられない様に、また、因縁を付けられた時、すぐさま、処理してくれる味方として、その土地の親分に身かじめ料と言う金を、一年分とか、半年分とか決めて払っていますよ。こんな金も大きな縄張りを持っている親分にゃあ、欠かせねえ収入だろうね」

「なるほどね。じゃあ、常光寺での博打《ばくち》はダメ、地割《じわり》の権利もダメとなると、寺で何か起きた時には、権六がゴタゴタを収めるから、その身かじめ料を寄越せ位の事は、鍵屋も言ってくるね」

「ええ、間違いなく言ってくるね」

「そいつも断わったら？」

「さあ、次にどんな手できますかね？」

その先が読めない二人は黙り込んでしまった。

「彦さん。あたしは思うんだが、鍵屋権六というヤクザは、本物のヤクザじゃあ無いと思うんでさあ。そこの所を、あたしは探って見ようと思うんだがね」

「どうやって？」

「深川界隈を托鉢《たくはつ》しながら、聞き込みをして、鍵屋の正体が分かれば、こちらの出方も検討の仕様が有ろうと言うもんでしょう」

「さすがだ、西念さん。昔取った杵柄《きねづか》だね。何だか生き生きとしていますよ」

「からかっちゃあいけねえよ彦さん」

「いやあ、こりゃあ悪かった。じゃあ西念さん、明日からでも危険の無い様に、少し探ってみて下さいよ。頼みます」

と、言って西念と別れたが、胸の内で「西念も無駄にヤクザの飯を食っていた訳じゃ無い」と分かり、何だか嬉しかった。

彦丸は二日間ほど、診療所が栽培をする薬草畑で、葛根《かっこん》の収穫に没頭した。この作業は晩秋に葛《くず》の根を掘り起こし、洗って外皮を除いて、軒下などに吊るして乾燥させるのである。乾燥した葛根を粉に挽く。この澱粉質に砂糖を加え、熱湯で溶いだものが葛湯《くずゆ》で、これを飲むと発熱を促し、熱を下げる効能が有り、風邪薬葛根湯《かっこんとう》の原料だ。

この作業は診療所に風邪ひきの患者が多くなる冬場に向かい、彦丸が気にかけていた仕事だった。一人では無理なので、手の空いているお百姓を回してくれる様、名主に頼み、四人もの応援が来てくれ、手早く済ませる事が出来た。

此のところ、慌ただしく気を遣う事に追われ、考え事の多かった日々に比べ、農作業は遣れば遣るだけ、形の付く仕事で、何となく心が癒されていることに気が付き、農作業もいいものだと彦丸は感じていた。


季節は十月に入り、暦の上では初冬だが、晴天続きで寒気はまだ感じなかった。

彦丸は、診療所の食堂で皆と共に朝食を済ませた後、常光寺の西念を訪ねた。

西念はいつも通り朝のお勤めを済ませ、朝めしも食べ終わった体で、彦丸を迎えると、ニコニコ笑みを浮かべながら、彦丸を囲炉裏端《いろりばた》の席へ座らせた。そして、

「彦さん、権六という奴は、やっぱり新米のヤクザでしたよ」

「手回しが良いね、西念さん。もう調べ上げたの?」

「ハハハ、ここ二日ばかり、それとなく聴き回りましたら、正体が見えてきました。元々

深川には『丸一』と云う立派なテキ屋の親分が居りましてね、屋号が丸の中に一を書いて丸一と云うんですがね。この親分の評判は何処で聴いてもめっぽう良いんだ。丸一の縄張りは富岡八幡宮を始め、あの界隈の寺社のほとんどを占めておりましてね。子分も二十人から抱えているようです。主な収入源は寺社の縁日の地割《じわり》の権利と、料理屋などから戴くみかじめ料。それと八幡様に掛ける見世物小屋や相撲の興行を打てるような力を持っているからその辺りからの収入が主な様です。あの近所の団子屋の親父の話だと、権六は十年前まで、丸一の子分だったと聞きました。それが、金の問題で親分と揉めたとか」

「親分と子分が金でもめる？」

「ハハハ、普通は親分に逆らう奴は居りませんよ。だが、居たんだね」

「西念さん、笑っていないで、どういう事か早く聞かせてよ」

「ハイハイ。ある時、親分が権六に縄張り内のみかじめ料の集金を任せたらしい。そして、集めてきた金を親分が改めるといつもより多かった。親分がその訳を聞くと、権六曰く『それぞれ大きく店を張ってる割にゃ、みかじめ料が安すぎる。だから、値上げをした。その分、増えやした』と、得意げに話した様ですよ」

「それで丸一の親分が権六を叱ったな？」

「良く分かりますね」

「そりゃそうだろ。何処で聴いても評判の良い親分だ。子分がみかじめ料を勝手に値上げすりゃあ、親分は怒るよ」

「やっぱり彦さんでも怒りますか？」

「当たり前でしょう。みかじめ料なんてものは、困る様な事の起きた時に、土地の侠客《きょうかく》に頼んで、解決をして貰うために出す金だ。何も起こらなければ、只で持っていかれる金ですよ。出す方は、安いと思うから、何も起こらなくても、黙って出してくれる。その辺りが、土地の人から良い親分だと言われる所以でしょう。それを、親分に黙って子分が値上げをすりゃあ、親分の顔に泥を塗るようなものだ」

「いよっ、流石《さすが》は彦さん。彦さんもいい親分に成れますよ」

「からかちゃあいけないよ。それで、権六は丸一を離れたと、云う訳だ」

「そういう事です」

「そこで権六は自分が親分となって、一家を構えた」

「ですが、親分が親分だから、子分も子分で、金欲しさにかなりの悪さをしているらしく、近所の人の評判も良くありませんや」

「そうだろうなあ。他人の役に立たねえ事で飯を食おうと言うヤクザに本当の侠客と言われる様な人は、そうは居ないからね。時に西念さん、鍵屋は今、何処に一家を構えているのかね？」

「八幡様の一の鳥居の道を東へ行き、お社を左に見て暫く行くと汐見橋が有ります。橋を渡った通りの左右が入船町、その左側で堀に面した平屋の家が鍵屋一家の塒《ねぐら》でさあ」

「権六はいくら小さな一家でも、子分を抱えりゃあ、そいつらを食わせなきゃあならない。これといった縄張りを持たないヤクザが、どうやって子分を養っているのかね？」

「入船町の鍵屋の並びと、道を挟んで五軒の小さな旅籠《はたご》が並んでいましてね。ここが、女郎屋を兼ねた岡場所ってわけで、其処の一軒が、権六の持ち物らしいでさあ。だから、他の四件を縄張りとしているんでしょう」

「成るほどね。西念さん、たった二日で、良くそこまで調べて下さった。近いうちに、私も権六の近辺を調べてみますよ。そうすれば、これからの備えの方策も思い描けるかも知れないしね。西念さん、いろいろご苦労様」

彦丸はその日の午後、深川の汐見橋を渡り、入船町の鍵屋一家の近辺の道筋を調べ、それを自分の頭にしっかり叩き込み、家路に着いた。

次の日の午後、彦丸は浅草花川戸の「刃物や小鉄」を目指して、今、本所は源の森川沿いの道を隅田川に向かって歩いていた。

彦丸は歩きながら柳田格之進とその娘、絹との出会いを、つくづく不思議な縁だと感じて居た。

思い起こせばお絹さんが、小間物屋の彦丸に、使い勝手のいい包丁は無いかと、持ち掛けたのが切っ掛けだった。

彦丸は今までも、客が欲しがる品は、煙管《きせる》、反物《たんもの》、薬など、何でも要求に応えてきた。

そんな彦丸だったから、包丁の注文に応える気に成り、客の要望を聴き、要望に応えられるような品を自分で考え、専門職にその品を作らせた。今回も、使い勝手の良い包丁を自分の考案で「刃物や小鉄」に作らせせた。

そして、その包丁を注文主の絹に届けに行った事が縁で、柳田格之進の苦境をしり、生まれ持ったお節介焼きの癖で、格之進の窮地を救うことが出来た。

ところが昨夜、女房の春から、お絹さんからの注文だった包丁の事を聞かれ、この一カ月半の間に起きたいろいろな出来事にすっかり気を取られ、お絹さんの特注の包丁の事を忘れていた事に思い至った。

正直言って、あの包丁を何時何処でお絹さんに手渡したのか、彦丸にはまったく記憶がなかった。

だが、春の話によると、診療所の食事の一切を任されている二人のおばさんに、絹から「この包丁を使ってみて頂けませんか」と、手渡され、これを使ってみた二人が人きさ、重さ共によく、魚も捌《さば》け、野菜も切れる。第一切れ味がいいと感じ、お絹さんに「何処で手に入れたのか?」と聞いた所、彦丸から手に入れたことが知れた。

そんな経緯が有って、彦丸は賄《まかな》いのおばさんに頼まれ、あの「彦丸包丁」を花川戸の「小鉄」へ仕入れに行く道のりだった。

秋の太陽が西の空に傾き駆けていた。彦丸が大川に架かる吾妻橋を東詰めから西へ渡り、「刃物や小鉄」の店先に立ち、足元の埃を払い、店の腰高障子を開けた。

鞴《ふいご》を扱っていた親方が、相変わらずの無愛想な顔を彦丸に向け、

「おお、彦さん、生きてたか?」

と、言った。

「へい、お蔭さんで、何とかやっております」

「暫く鼻の頭を見せなかったが、元気そうで何よりだ」

「あれからいろいろ有りまして、ご無沙汰致しました。親方もお変わりなく、お稼ぎで」

「なに、貧乏暇なしってやつよ。時に彦さん、今日は何だい？」

「この間拵《こしら》えて貰った包丁ね。あれをまた、二丁ばかり作って貰おうと、お願いに上がりました」

「何だい、あの彦丸包丁なら、改めて作らなくても、出来合いが何丁も有るぜ」

「そんなに良く売れるんですか？」

「そうじゃねえよ。俺も使い勝手がいいので、さぞ売れるだろうと踏んで、暇な時に幾つもこせえて見たんだが、とんと売れねえ。考えて見りゃ、初めて作った包丁だ。使ってみなきゃ良いも悪いもわからねえ。だから客も手に取っては見るものの、買っては行かねえや。其処の棚に二十丁ばかり有るから、いくらでも持って行きねえ」

と、親方が不機嫌な声で言った。

この時、彦丸は親方が不機嫌なのは尤《もっと》もだと思った。じぶんが考案して親方に作らせた包丁が、いくら使い勝手が良く、素晴らしい切れ味でも、他人の知る所でなければ、売れる訳がない。品物は使ってみて、良いと思えばこそ買うものだ。

何の宣伝も無く、他人に知られていない品が、売れないのは当たり前だ。だが、実際に使ってみた我が家の賄《まかな》いのおばさん二人から、絶賛された包丁だ。宣伝次第で絶対売れると確信した。

「親方。では、棚にある二十丁の包丁を全部私が引き取らせて頂きます」

と、彦丸が言った。親方の声が柔らかくなって、

「何も俺は、彦さんに引き取ってくれと言ってる訳じゃねえ。俺の見込み違いだったと、言っただけだよ」

「でも、私の注文で作って頂いた品で、損をさせる訳には参りません。ですから、全部頂いて参ります。行商は広く世間を歩きますから、きっと売り捌《さば》いて見せます。ご心配なく」

と、彦丸が言えば、親方は機嫌よく、

「何だか悪い様な気もするが。じゃあ、そうして貰おうか。値段の方は大負けに負けて、彦丸包丁二十丁。四両でどうだ」

「有難うございます。私が売り歩いて、彦丸包丁の評判が高まったら、また、仕入れに参ります。その時はもう一度、彦丸包丁を拵えて下さい。何時の事に成るか分かりませんが、よろしくお願いします」

と、彦丸が笑いながら言えば、

「おお、彦さんの注文なら、どんな品でも拵《こしら》えて見せるぜ」

と、すっかり機嫌を直した親方が答えた。

彦丸は、使い古した手ぬぐいを十本ばかり貰い、一本の手拭に二丁の包丁を丁寧に包み、大きな木綿袋に仕舞った。それから、何時も腰に巻いている麻の細引き（忍者の修行時代から、いざという時何かの役に立てる為身に着けている）を解くと、その紐を使って袋に入った二十丁の彦丸包丁を背負い、親方に挨拶をして外に出た。

この時、彦丸の脳裏に有った考えは、常光寺がこれから迎える、年末年始の賑わいにあった。暮れの歳の市の人出と、それに続く初詣の賑わいに、屋台を出して、彦丸包丁を商って見ようという試みだ。

屋台を出して、其処に彦丸包丁を並べるだけじゃ売れない事は分かっていた。お客の目の前で野菜を切り、魚を捌《さば》き、今までの菜っ切包丁と出刃包丁が一つになった、使い勝手の良い包丁の宣伝販売を、口上を豊かに自分が演じようと考えていた。彦丸は実際に実演付きで包丁を商っている自分の姿を想像すると、楽しくて成らなかった。二十丁の包丁の荷はかなり重かったが、彦丸は浮き立つような気分で、立花村へ急いだ。

翌日の朝も高く澄んだ空が青く深く広がっていた。

彦丸はいつもの通り子供達を交え、診療所の食堂で朝食を済ませると、賄《まかな》いの菊と留の二人に捕まった。

「彦さん、夕べ頂いたあの包丁、今朝の調理で使ってみて、改めて切れ味の良さを感じたわ。何しろ軽いところが、使い勝手の良さに繋がるのよね」

「今まであんな包丁、見た事無かったわ」

と、菊と留に話し掛けられた。

其処へ松おばさんが入って来た。

「彦さん、私もあの包丁を今朝、使ってみたけど、本当に使い勝手が良いわ。何処のお店で仕入れて来たの？」

「いや、私が考えて花川戸の『小鉄』で作って貰った代物です」

「あら、じゃあ、『小鉄包丁』とか言うのかね？」

「いや、小鉄の親方は『彦丸包丁』と名付けてくれました」

「おや、それは良かった。だけど、あんなに沢山仕入れて、行商で売り捌くつもりなの？」

「おや？　おばさん、あの包丁が沢山あるのをよくご存じですね。」

「だって、彦さんちの台所の脇に大きな袋が有ったので、つい、覗いちまったのさ」

「そうでしたか。此処の所、訳ありで行商には行けないんですよ。おばさんには未だ詳しい内容を話していませんでしたが、今、常光寺が腐れ縁の昔のヤクザに食いつかれていましてね。そのゴタゴタが解決するまで、もうちょっと時間が掛かるんです。そこであの彦丸包丁は、寺のゴタゴタが収まった後に、常光寺での年末年始の賑わいに、私が屋台を出して、包丁の実演販売をしながら、売り捌《さば》くつもりです」

「あら、それは楽しそうね。私も手伝おうかしら？」

「是非お願いしますよ。実際の主婦が実演して、包丁の使い勝手の良さを見せれば、私の口上で、売り上げ倍増間違いなしです。本当に頼みますよ。時におばさん。寺子屋の方、柳田先生が去ったあと、おばさんに任せっ放しで、御免なさい」

「なあに、私も子供が好きだし、良庵先生のお手伝いは、お絹さんに引き継いだも同様だから、心配は要りませんよ」

「有難うございます。その件も、この六日頃には目鼻が着くと思いますので、よろしくお願いします」

「でもね、男の子達は午後からの武道の授業が無くなって淋しそうなの。女の子は私がお裁縫を教えるので喜んで居るんだけれどね」

「分かりました。そこの所も柳田様に話してみます」

彦丸と松おばさんの話が弾んでいるので、何時の間にか、賄《まかな》いの菊と留は姿を消していた。彦丸は松おばさんと二人っきりなのに気が付くと、小声になり、

「おばさん、柳田様は今度、彦根藩江戸屋敷のご家老に昇進したらしいんです。今度の寺のゴタゴタを解決するために、私が格さんを、いや柳田様を江戸藩邸に訪ねたら、本当に親身に成って下さって、寺社奉行の方から手を回して下さり、解決が着きそうなんです。それと、寺子屋の先生の件も気に掛けていてくれましたから、もうちょっと頑張ってみて下さい。お願いします」

「はい、かしこまりました。彦さんも私たちを引き連れて、この村をここまで大きくして、今では此処の差配《さはい》人迄引き受けて、大変ね。お陰で私達は充実した生活が送れていますが、彦さんも、早く落ち着いた生活をして下さいよ。それでないと、お春さんが可哀想ですからね」

「はい、有難うございます。もうしばらく、春の事も宜しくお願いします」

松おばさんに頭を下げた彦丸は、自分の周りにはいい人ばかりが居て、幸せ者だと感じていた。

四　寺子屋の教師

十月に入っても晴天は続いていた。

三日目の朝、立花診療所の診察も始まり、松おばさんが率いる寺子屋でも手習いが始まろうという四つ時（午前八時）を過ぎた頃、馬に跨った中年の侍が一人、常光寺の庭先に降り立った。

西念が直ぐに近寄ると、

「御坊、ちと訪ねるが、立花村常光寺はここであるか？」

「はい、さようで御座いますが？」

「手前は彦根藩江戸藩邸に務める海老沼翔《えびぬましょう》と申す者、この村のご差配《さはい》、彦丸殿にお目にかかりたい。分からなければ、柳田格之進殿の部下だと申せばお分かりいただける。御頼み申す」

「はい、はい、彦さんを、いや、彦丸殿を直ぐにお連れ致します。このまま、ちょっとお待ちを」

と、西念は慌てて彦丸の長屋へ飛んで行った。

彦丸は西念から用件を聞き、襟に立花村と書かれた半纏《はんてん》を引っ掛けると、急いで常光寺へ走った。

彦丸が常光寺の庭へ入ってゆくと、馬乗り袴にぶっ裂き羽織の侍が一人、馬の手綱を取って待っていた。彦丸は真っすぐに侍に近づき、

「お待たせを致しました。手前がこの村の差配、彦丸と申します。聞きます所、柳田様のご使者とか？」

「さよう、拙者、海老沼翔と申す。柳田殿から書簡を預かって参った。出来れば、少々話をしたいのだが？」

「はい、承知いたしました。それでは、あの寺の庫裏《くり》の方へ。ご乗馬はお預り致しましょう」

と、彦丸は馬の手綱を取ると西念を傍に呼び、

「西念さん、このお侍さんとちょっと話が有るんだ。庫裏を借りたいんだが、構わないかね？」

「ああ、承知した。直ぐに茶でも持って行くさ」

「すまないね。じゃあ、この馬を其処の林の旨い草が食える所に繋いどいてやってよ」

と、彦丸は手綱を西念に渡すと、海老沼を庫裏《くり》の方へ案内した。

庫裏に入ると、部屋に切られた囲炉裏《いろり》には火が焚かれ、自在鉤《じざいかぎ》に掛けられた鉄瓶からは湯気が上っていた。

海老沼翔は上がり框《かまち》に腰かけ、草鞋《わらじ》を解くと、囲炉裏を挟んで彦丸と向かい合って正座した。彦丸が初めに両手を着くと挨拶をした。

「はじめてお目にかかります。当立花村の名主より差配《さはい》を仰せ仕って居ります彦丸と申します」

「は、手前は、彦根藩江戸藩邸の前家老の側用人を務めて居りました海老沼翔と申します。この十月一日より、柳田格之進様が江戸藩邸のご家老に就任なされた為、側用人は佐々木一馬殿がその任に当たる事と成りました。従って、今のところ拙者は無役。そこで、此処からの所は平たくお話をさせて頂きたいが、どうでしょう?」

この言葉を聞いた彦丸が、にっこり笑い、

「では、海老沼様、どうぞお平らに。私も足を崩させて頂きます」

と、二人は早くも意気投合の感が有った。

胡坐《あぐら》をかいた海老沼が、懐から手紙を取り出し、

「これを先ず読んで頂きましょう」

と、一通の書状を彦丸に差し出した。

彦丸が手にした書状は、彦丸が直ぐに分かる柳田格之進の手で次の様な内容が書かれていた。
一、太平山常光寺の件、彦根藩士、柳田格之進の菩提寺として寺社奉行へ登録した。
一、六日、昼前に寺社奉行方、同道にて、常光寺参拝。その折、鍵屋権六一家へ回り、常光寺への手出し　切無用を、きつく言い渡すもの也。
一、自身は十月一日より、彦根藩江戸藩邸の家老に就任。
一、拝借している金、五十両、六日に持参して、貴殿に返済致したく、確約。
一、他一通の書状、前江戸家老の側用人、海老沼翔が持参。よくよく相談に応じられる事を乞う。
以上の様な内容の文面だった。

彦丸は読み終わった手紙を丁寧に畳むと、にっこり笑い、

「海老沼さん、それでは、もう一通を読ませて頂きましょう」

と、言えば、海老沼が照れ臭そうに、

「彦丸殿、これは柳田さんが書いて呉れた、手前の紹介状だと思う。読み終わっても、笑わんで、自分の相談に乗って貰いたい。此処に書かれてある事より、自分の口から話した方が、自分の気持ちが良く伝わると思うもので」

と、恥ずかしそうに、手紙を差し出した。

彦丸がもう一通の手紙を読んでみると、確かに格之進が書いた、海老沼翔を紹介する内容だった。それによると、
海老沼翔は、彦根藩士とは言え、父が江戸藩邸の用人を務めていた故、江戸生まれで、国元はおろか他国へ旅をしたことも無い人物だ。嫡男だった故、彦根藩士として江戸藩邸に出仕する内、前家老に勉学、才能を認められ、二十歳の時より今年の九月末日迄十年間、江戸家老側用人を務めていた。

十月一日付けで柳田格之進が江戸家老に就任し、佐々木一馬が格之進の側用人となった為、無役となる。

格之進が翔の今後を心配するも、出来れば暫く無役でいたいとの事。格之進としては、

若くして苦労の多い任を務め上げたのであるから、暫くは当人の好きな様にさせたい。もし叶うなら、暫く、寺子屋の教授を任せてみては如何か。

二人でザックバランに話し合い、翔の願いが叶う様な生活が出来る様に成れば、それに越したことはないと思う。彦丸殿のご助力を乞う。以上の様な事が書いてあった。

彦丸は手紙の内容を理解すると、それを畳んで懐へ仕舞い、笑いながら、翔に話し掛けた。

「翔さん、って呼んでいいかな？」

「いいですよ、彦さん」

と、翔が答え、二人は屈託なく笑い合った。

「翔さん、この手紙の内容では、暫く無役でいたいそうだが、藩士として只遊んでいたい訳では無いでしょう？」

「まあね、べつに何もせずにぶらぶらして居たい訳じゃないですよ。彦さん、俺の話を聴いてくれるかな？」

其処に西念が、梅干を乗せた皿と湯飲みが二つ、大きめの土瓶に茶を入れて持ってきた。

彦丸はこれを受け取ると、翔に笑い掛け、

「ゆっくり話を伺いましょう」

と、湯飲みに茶を継ぎながら言った。翔は出された湯飲みの茶を飲みながら話し始めた。

「俺は彦根藩士ではあるが、親父が江戸藩邸に務め、そこで所帯を持ったから、江戸生まれなんだ。それかれずっと藩邸内の長屋で育ったので、他所の土地も他藩の事も話に聴くだけで、見たことが無い。だからと言って、物の分からない堅物という訳では無いぞ。六歳の時より、同じ境遇の仲間と藩校に通い、物心の付いた頃には、同僚と藩邸を抜け出し、結構悪い遊びも覚えたものさ。勉強も普通にしたし、剣道も、柔《やわ》らもそれぞれ段も取った。二十歳になった時、前家老の井上様に見いだされ、側用人と成ったが、自分でもどれだけの才能が有って、そうなったのか全く分からない。ただ、言い使ったことは、間違いなく果たした。まあ、要領がいいと言うのか、言われたことは過不足なく、どんな事でも遣って退けた。それが十年間、自分の意見や考えを一切挟まず言われた事だけをして来たんだ。彦さん。いくら武士の仕事とは言え、男としてこんなつまらん仕事は無いぞ。そこで、一昨日、側用人の役を解かれた時、今度こそ、自分の好きな仕事がしたい、と、心を決めてそれが見つかるまで、無役を願い出た、と言う訳さ」

彦丸は笑顔で大きく頷き、

「翔さん、私には翔さんの気持ちがよーく分かります。私とあなたとは生まれも育ちも違いますが、同じ男として、自分の人生をどの様に生きたいか考える事は、当たり前の事だと思います。翔さんと私の年齢は同じ位かと思いますが、翔さんにとって、今回の無役の時間は、自分の将来を考えるまたとない機会ですよ。失礼ですが奥様やお子さんは？」

　訊かれた翔は苦笑を浮かべ、

「彦さん。側用人の仕事は、昼夜を問わずご家老の傍に居なければならない。公用と私用の区別もなく動き回って居なければ成らなかった。嫁を娶《めと》るなんて考えもしなかった。その間に親父もお袋も他界して、拙者全くの独り身です」

「そうでしたか。それでしたらあなたの人生、これからが本物の自分の人生と、言う事でしょう。翔さん、良かったら暫く、うちの長屋に居候《いそうろう》を決め込み、町人の生活を体験して見ては如何です？　そこから何かかが見えて来るかも、知れませんぜ」

「有難う。今日、藩邸を出る折、柳田さんから『この村の寺子屋を見て、興味が湧いたらそこで、子供に勉強を教えてみる、なんて言うのも一興かも知れんぞ』と、言われたんだが、どういう事かね？」

「ははは、柳田さんがそんな事を言いましたか。それはね、忘れもしない、この八月の十八日にちょっと訳ありで、私がお招きをして、柳田さんとお嬢さんのお絹さんをうちの長屋に住んで頂くことにしたんです。お絹さんは直ぐに、診療所の患者さんの面倒を見たり、先生の助手を務めたりする仕事が気に入り、翌日から働き始めました。柳田さんも『私にも何か出来る仕事は無いか』と、おっしゃったんです。そこで私が、うちに居る子と、村の子供に読み書きと、買い物をする時、お金の計算が出来る様な算数を教えては貰えないだろうかと、お頼みしたんです。この話には名主さんも大乗り気で、村から男の子四人と女の子三人が来て、うちの子と合わせて十人、午前中は読書き算数、昼飯をそれぞれ自宅で済ませると、午後は女の子に、うちのおばさんが裁縫を教え、男の子には柳田先生が、柔らを教えた。これが大人気で先生も楽しそうに教えて居られた。ところが、先生には藩に帰参して大きな仕事をやらねばならない時が到来した。柳田先生は自分が引き受けてやり始めた寺子屋を一カ月で面倒を見られなくなったことを、気に留めて居られ、そんな風に翔さんにおっしゃったんでしょう」

「その寺子屋は今も続いていますか？」

「はい、続いていますよ。今日もこの寺の本堂で、おばさんが、子供達の面倒を見ております」

「其処を見せて頂くわけには参りませんか」

と、海老沼翔が意気込んで彦丸に訊いた。

彦丸はにっこり笑い
「構いませんよ。本堂は棟続きですから、このまま直ぐに行って見ましょう」

と、彦丸は海老沼を誘って立ち上がった。

渡り廊下を渡り、重い板戸を開けると、黒い格柱の目立つ本堂の間が開けた。二十畳の畳の間を三間幅の板張りが囲み、その一隅におばさんが子供たちに囲まれているのが目に入った。

松おばさんが、本堂へ入って来た二人に気づき、子供達に何か囁くと、二人の側へやって来た。彦丸は直ぐに、

「おばさん、この方は柳田様の同僚で、海老沼翔さん」

そして翔を振り返ると、

「翔さん、こちらが松おばさん」

と、二人を引き合わせた。

「海老沼翔と申します。今、子供達に何を教えていたんですか？」

「はい、貝殻を使って、お金のやり取りをね。大きな貝が一朱金、小さな貝が一文銭。子

供でも買い物の、お使い位は出来る様にと思いましてね」

「成るほど」

「感心する程の事じゃありませんよ。彦さん。もうすぐ昼食ですから、食堂の方でゆっくりお話を致しましょう」

と、言っておばさんは子供達の所へ戻って行った。

彦丸は翔を伴い、庫裏《くり》に戻り、履物を履くと二人で柔らかな初冬の日差しの中、診療所の食堂の方へ歩を進めた。そして彦丸が話した。

「翔さん、此処からは私達が暮らしている毎日の生活を見て頂きましょう。庶民の生活に、貴方が何を感じるか、私も貴方の意見を聞いてみたい」

「何だか私は彦さんに試験をされて居る様な気がするなあ」

「いや、そんな大げさな。私はただ、翔さんが庶民の生活に、無理なく馴染めるか、其処を知りたいだけなんです。我慢や忍耐をする事は無用です」

「分かりました。私も心して見させて頂きましょう」

二人が診療所の食堂に入ると、まだちょっと昼飯には早いのか誰もいなかった。食堂を眺めた翔が言った。

「随分広い食堂ですね。それに机と椅子で、何人分の席ですか?」

「十二人の席ですが、今は十人かな?」

其処へ滝川良庵が食堂に入って来た。彦丸は、

「先生、ご紹介します。こちらは柳田格之進さんの手紙を届けてくださった海老沼翔さんです。翔さん、こちらがこの診療所のお医者さんで所長の滝川良庵先生」

「初めてお目にかかります、海老沼翔です。以後、翔とお呼びください」

良庵は翔を一目見て、好感を持ったらしい。

「やあ、良庵です。彦さんは、私に心配を掛けさすまいと、詳しい話を私にはしませんが、柳田さんには一方ならないお世話を戴いて居るようです。あなたにもお世話になっているんではないですか?」

「飛んでもない。私の方こそ、彦さんにお世話を戴く様になるかもしれません。その節はよろしくお願いいします」

と、挨拶を交わしているうちに、一同が席に着いた。彦丸は翔を一緒に立たせると、

「皆さんにご紹介いたします。この方は海老沼翔さんと申しまして、お絹さんのお父上の柳田格之進さんと同じ彦根藩士です。今日は私に格さんの手紙を届けてくれたんですが、

お礼に私が食事に誘いました。良庵先生には今、紹介が済みましたが、皆さんにもお顔を覚えて頂きましょう」

と、彦丸は向かい合って席に付いて居る人達に翔を紹介した。

「先生のお隣が、この診療所の看護婦長さんの松さんです。昔は他所の開業医の奥さん兼助手を務めていたお人で今は寡婦《かふ》と成り、縁が有って今此処に居ります。今はこの村に、居て貰わなければならないお人です」

「嫌ですよ、彦さん。あたしは只の厄介者の婆さんですよ」

「飛んでもない。今だって子供達に読書き算数を教えてくれている、大事な存在です」

と、彦丸が補足をすると、皆が拍手をした。

「続いて、隣は先生の助手を松おばさんから引き継いだお絹さん」

「あら、おばさんから助手を引き継いだなんて。まだ、教わりながらのよちよち歩きの絹と申します。海老沼様には、もう六年以上も前に成りますが、藩邸でご家老様のお側用人をお勤めのお姿を、何遍かお見かけしたことが御座います」

この絹の言葉を聞いた翔は、顔を真っ赤に染め、

「それは気が付きませんで、ご無礼を致しました。柳田様のお嬢さんですね」

「はい、絹と申します」

と、言った。彦丸は次の紹介に移った。

「その隣が、うちの子供達で、大きい順に、五郎、市蔵、亀吉。私の隣が私の妻の春、その隣がこの長屋の皆の食事と病人の食事を作ってくれる、菊さんと留さん。以上が此処の一家と云うか一族というか。特別の事が無い限り、食事は一緒に頂きます。何か訊きたい事のある人は居りますか？」

「はい」

と大きな声で答えたのは五郎だった。

「五郎、何を訊きたい？」

「海老沼様は此処の寺子屋の先生に成ってくださるんですか？」

「それは」

と、彦丸が答えようとした時、

「いや、彦さん、自分が答える」

と、翔が進んで話し始めた。

「五郎君、その前に何で私が寺子屋の先生に成るのかと訊くの？」

「だってさっき、お寺でおばさんの授業を見ていたでしょう？」

「ああそうか、それでか。五郎君の観察は鋭いなあ。実はそうなんだ、だが、まだ迷っている。何だか五郎君にいじめられそうだからな。ははは。実はもっと君たちの事も知りたいし、此処の生活も知りたい。そこで、彦さんに頼んでいろいろ聴いて居る所です。いいかな？　五郎君」

「有難う御座いました」

と、五郎が大きな声で答えた。

この後皆で、勝手な事を話し合いながら食事を済ませた。一汁一菜の食事ではあったが、食事中は無言の武士の躾《しつけ》とは違い、語らいながらのそれは、美味しく楽しいものだと、翔は感じた。食後に出された柿の実の味は、初めて食べた様な甘さだった。

昼食の後、彦丸は翔に、もし寺子屋の面倒を見てくれる様な事に成れば、住まいとなる長屋を見て貰いたいと考え、柳田父娘が使っていた部屋に翔を案内した。今、絹は松おばさんと共に住んでいる。

五軒長屋の西端は、入口に土間と六畳二間の住まいだ。

彦丸は、手前の部屋に上がり、西側の窓を開けた。畑の向こうに雑木林が見え、傾き駆けた太陽が、部屋を覗いていた。

翔を迎い入れた彦丸は、もし「この長屋に住んで貰えるなら、此処がその住居だ」と教えた。

胡坐《あぐら》をかいて向かい合った二人は、翔の質問に対して彦丸が答える体をなしていた。

「いやあ、こちらから聴くばかりで悪いんだが、柳田さんから聞いたところに寄ると、彦さんは常人とはかなり違う人生を歩んできた人だと聞かされてね。そこの所を自分なりに色々聴いて納得して置きたいんだ」

「構いませんよ。何なりとお聞きください」

と、彦丸は笑って答えた。翔は彦丸の生い立ちから聴きたがった。

彦丸は戦の無くなった世に生まれた忍者の末裔《まつえい》で兄と二人兄弟だった事、父親から子供の頃に仕込まれたに忍者の修行の事、父と母を亡くした経緯、その後兄を失い、天涯孤独の十五歳で独り江戸に出てきた事。住み込みで風呂屋の窯焚《かまた》きをして、江戸の人間に成れる様に努力した事。

その後、自分の時間の作れる小間物屋の行商を思い立ち、仕事を始めた事などを話し終えた頃には晩飯の時間と成って居た。

五郎が夕食の支度が整ったと、彦丸と翔を呼びに来た。

二人が食堂に入った時、既に皆が席に着いていた。菊さんと留さん、春さんとお絹さんが手伝い、大皿に焼きたてで、まだ油が跳ねているさんまの丸焼きを一皿に六匹づつ、二皿を大膳に運び込んだ。鉢に盛った大根おろしが山の様に沢山。

皆がそれぞれ、取り皿にさんまを取り、大根おろしと醤油で、賑やかな食事が始まった。翔も皆に習い、焦げた熱々のさんまを皿に取り大根おろしを乗せ、醤油をかけて口に運んで驚いた。

今までに口にしたことのない魚の味。暫く噛むのを忘れ、改めてかみしめてみて、その味の旨い事。美味とは違う、さんまの腸のほろ苦さと、醤油、大根おろしが口の中で作る絶妙な味。海老沼翔は生まれて初めて、旨いものを味わった感に出会った。翔は思った。

「人の幸せとは、こんな気持ちをいうのかも知れない」と。

半分は此処の生活が気に入った翔は、彦丸が今なぜ立花村の差配《さはい》をしているのか、その所が知りたくて、晩飯の後、再び彦丸をさっきの部屋に誘った。

部屋に行灯《あんどん》の火を入れ、座布団代わりに挽き布団を引っ張り出し、寝そべりながら語り合った。

「彦さんが、この立花村に引っ越して来た理由は何かね？」

「うん、いろいろ有るけど、良庵先生と知り合い、先生が他の開業医と違い、真から病人の苦痛を取り除いて上げようと、金銭的な損得抜きに治療をする姿を、この眼で見た時、自分もいくらかでも、困っている人の手助けが出来る様な人間に成りたいと思ってね。先ず、先生の薬を作る手助けから始め、骨折や捻挫《ねんざ》の治療を任されたり」

「え？　彦さんに骨折の治療が出来るの？」

「まあね。古いやり方だが、昔、忍者仲間が使っていたやり方で手当てをしたら、良庵先生が感心してね。捻挫の治療なんか私の専門になっちゃった」

　この言葉を聴いて、翔は仰天した。

「じゃあ、彦さんは医者もやるの？」

「医者を遣る訳じゃ無い。昔、忍者が戦場で負った傷の応急処置を、私が遣ったら、非常に的を射ていると先生は言って、私に任せる様になったのさ。そのうち、深川佐賀町の診療所が手狭となったもので、この地の名主の田沢文蔵さんと知り合ったのが縁で、この村に診療所を作る事と、寺の再建を頼まれた。それで、この地に診療所が引っ越すとき、私も自分の自由になる長屋が持ちたくて、一緒に来てしまったと、言う訳さ」

「もう一つ、此処に居る男の子三人は誰のお子さん？」

「ああ、五郎、市蔵、亀吉ね。彼らは二年ほど前の十二月に神田相生町《あいおいちょう》で火事が有りましてね。不運にも三人共、両親を亡くした孤児でした。彼らも縁が有ったんでしょう。この長屋で暮らしてます」

「いろいろ聴いて済まなかった。最後に一つ。柳田さんとの関係は？」

「それは、只、縁というもので、まあ、勘弁してください」

「いや、其処を聴いて自分が納得したら、此処の寺子屋の教師を引き受けましょう。如何です？」

「弱ったなあ。じゃあ教師の事は別として、私と格之進様との二人だけの事ですから。他言は無用に願いますよ」

と、言い、彦丸は、柳田格之進と浅草花川戸、札差し「万屋萬兵衛」の一件をありのままに話して聞かせた。

この一件を語り終えた時分には表の障子が明るくなっていた。

「翔さん、夜が明けちまったぜ。一眠りするかい？」

「いや、彦さんにはすっかり甘えて、迷惑をかけてしまったが、当分寺子屋の教師として此処に置いて貰いたい。御頼み申す」

　この言葉を聞いて彦丸は喜んだ。

「では、朝めしの時に皆に話をしていいかな？」

「いや、拙者この脚で一度、藩邸に戻ります。そして、明後日。昼までにはこちらに参り、御厄介になります。どうぞよろしく」

「そうお覚悟が出来ましたか。では、何も心配をせず、御身一つでお越しください。お待ちして居ります」

と、彦丸は軽く挨拶をしたが、海老沼翔は夜明けまで語り合った割には目を輝かし、興奮冷めやらずと言う感じで草鞋《わらじ》を履き、笠をかぶると、乗って来た馬に跨り、立花村を後にした。

　この日、暫く晴天が続いていたが午後から天候が怪しくなり、夜には土砂降りの雨と成った。

　そして、五日も一日中雨は止む気配を見せず、六日目の朝を迎えたが、この日も雨は降り続いていた。

彦丸は雨の中でも柳田格之進が寺社奉行の役人を伴い、立花村へ遣《や》ってくる事を確信していた。

そこで、前日から、格之進と寺社奉行の役人が幾人か村へ来ることを、妻の春に伝え、常光寺の庫裏《くり》で、軽い接待の出来る様に頼んで置いた。勿論、西念にも今日から常光寺が晴れて彦根藩の庇護《ひご》を受け、柳田格之進の菩提寺と成ることが正式に決まることを伝え、客人の接待を寺の庫裏で出来る様に話は通っていた。

四つ（午前十時）頃、雨の中を、蓑に笠を付けた海老沼翔が、少しばかりの荷を背負い、徒歩で彦丸の長屋に到着した。

翔は彦丸と挨拶を交わすと、これから住む長屋に荷を解いていいかと彦丸に訊いた。

「勿論です。今日から翔さんがこの長屋の住人として、寺子屋の子供の面倒を見てくれる事は、皆も承知で、喜んで居りますよ」

「それは私としても心強い。私は先日、たった一日だったが、此処の皆さんとあれほど打ち解けて話が出来た。そして心が通い合った様な気がした。町人の世界は皆が本音を言い合って、気持ちがいい。彦さん、これからもよろしく頼みますよ」

「こちらこそ宜しくお願いします」

と、二人は旧知の仲の様に穏やかに笑い合った。

それから半時（一時間）後、土砂降りの中、柳田格之進と寺社奉行の役人の二人が雨具に身を固め、馬に跨り常光寺に到着した。

庫裏の軒下では、名主の出沢文蔵を始め、彦丸、翔、良庵を始め、西念も出迎え、村の主だった人達も今日がどんな日かを、名主から聞かされていたらしく、手伝いに来てくれていた。

格之進と役人が馬から降りると、農夫の中から馬の扱いに慣れた者二人が馬を預かり、本堂の大屋根の下へ連れて行き、労わっていた。庫裏に入った客人二人は雨具を解くと、西念に案内され、火の焚かれている囲炉裏端《いろりばた》に導かれ、

「この時季の雨は、さぞ冷たい事でしたでしょう、先ずはお身体をお温めなされませ。宜しかったら、熱い般若湯でも？」

と、西念が申し出ると、

「いや、御酒は遠慮いたそう」

と、柳田格之進が断った。そして、同行した侍に、

「原田さん、この方が立花村名主の田沢文蔵殿、そしてこちらが差配人の彦丸殿です」

と、紹介すると、二人は原田氏に頭を下げた。

「拙者、原田源一郎と申す。彦根藩の寺社奉行役を務める軽輩ですが、ご家老のお名指しで、お供を致しました」

と、述べると、すかさず格之進が、

「原田さん、済まんが、彦丸殿と私用が御座ってのう。ちょっと、本堂の方で用事を済ませて参る。それ迄くつろいで居てください」

と、言い、彦丸を本堂へ誘った。

渡り廊下に続く重い板戸を開けて入った格之進と彦丸は、祭壇の前の畳に正座をして向かい合い、格之進が言った。

「彦丸殿、貴方のお陰で、この柳田格之進、彦根藩の改革を本腰で行える立場になりました。お礼を述べるだけでは、私の気が済まない心をお汲み取り下さい。付いては、あの折、用立てて頂いた五十両、此処に御座います。お改めの上、お収め下さい。それとこの十両は、彦さんへのお礼と思いましたが、彦さんが受け取って下さらない事は重々承知成れば、この常光寺の為に役立てて下されば幸いです」

と、格之進が二つの袱紗《ふくさ》に包んだ金子《きんす》を差し出した。彦丸は暫く黙っていたが、

「では、この五十両は確かに返却して頂きました。そして、常光寺への寄進、この十両は、鐘楼堂《しょうろうどう》の鐘を調達する資金と致したく思いますが、如何でしょう？」

「それは結構。菩提寺の役に立てて頂ければ私も嬉しい」

「いや、村民が常々昔の様に、年越しの除夜の鐘を突きたいたと、皆が皆、申しますもので。あの事件以来、鐘楼堂が空なものでしたから。それではその様に図らせて頂きます」

「私の私用は取りあえず済みましたが、彦さん何時かまた、ゆっくりと話し合いたいもですなあ」

と、格之進が砕けた口調で言った。

「有難うございます。何時かそんな日も参りましょう。それでは、皆さんがお待らで、庫裏《くり》の方へ参りましょう」

と、彦丸が格之進を誘った。

彦丸と格之進が庫裏に戻った。

囲炉裏端《いろりばた》で西念と原田源〓郎が何やらおしゃべりをして居たが、直ぐに話を止め、席を正した。

柳田格之進が、名主の田沢文蔵と彦丸と西念の三人を横一列に座らせ、自分と原源一郎が向かい合って座った。そして言った。

「名主さん、差配人さん、それにご住職。この立花村太平山常光寺は当年九月二十九日付けで、寺社奉行が管轄権を持つ寺として、寺社奉行に登録されました。なお、後見役は彦根藩が受け持ち、寄進として、年、米十表を奉納させて頂きます。以上の内容が、この奉書に認められて居ります。西念和尚、この証書をどうぞ大事にご保管下され」

と、格之進より西念に奉書が手渡された。西念が奉書を恭しく戴くと、居並ぶ一同が頭を下げた。間を置かずに彦丸が言った。

「それと、柳田様より、鐘楼堂《しょうろうどう》に新しく釣鐘《つりがね》の御寄進を賜りました。今年の年越しには除夜の鐘を突くことが出来ますよ」

一同がこの言葉を聞き、大はしゃぎをして喜んだ。格之進も満足げに微笑んでいた。

今度は名主の文蔵が、

「さあ、それでは常光寺が寺社奉行に認めて頂いたお祝いを、皆さんで致しましょう。では、皆さんお膳の用意をお願いします」

と、声を掛ければ、非常に手際よくお膳が整い、料理も運ばれた。

料理は賄《まかな》いの菊と留が考え、春、松おばさんと村の主婦も手伝って出来たものだった。先ず、栗の赤飯、鯖を捌《さば》いた一夜干しの焼き魚、甘みの利いた栗の渋皮煮、蓮、牛蒡、芋（里芋）人参の煮物。茸の味噌汁と平凡な素材だった。

客人をはじめ村の主だった人達と西念、良庵、彦丸、翔が、それぞれの箱膳《はこぜん》の前に着き、彦丸が格之進に乾杯の音頭を頼むと、それは名主の田沢文蔵に頼めとたしなめられた。彦丸が改めて名主に頼むと文蔵は大機嫌で立ち上がった。

「皆さん、常光寺が正式に口蓮宗太平山常光寺として寺社奉行に登録されました。お祭りされているご先祖様もさぞ満足されていることでしょう。これらの事に当たりましては、この間まで彦丸長屋に住まわれ、今は彦根藩江戸藩邸のご家老の大任を任されておられる柳田格之進様のご尽力の賜物です。それでは、皆さまのご起立を頂き、祝杯をあげましょう。柳田さまへの感謝の気持ちと常光寺を中心に立花村が益々発展をしますよう乾杯」

居並んだ一同も大きな声で乾杯を唱和した。

お祝いの宴は華やいでいたが、柳田格之進と原田源一郎が静かに立ち上がり、彦丸を彼らの側に呼んだ。

「彦丸殿、我々ももう少し楽しみたいが、御用繁多の為、そうもしておれぬ。これより我らは深川入船町の鍵屋権六の家へ参り『常光寺への関与を如何なる事情が有ろうとも、手出しをしてはならぬ』と、きつく申し置くつもりじゃ。だが、無頼の輩《やから》だ、それでも何か不都合が生じたら、直ぐに解決策を講じるから申し出てくれぬか」

「柳田様、何から何まで有難うございます。それでは直ぐにご乗馬の用意を致します」

其処に海老沼翔が駆けつけてきた。これに気が付いた柳田が、

「海老沼、戦など、当分の間は決して起こらんぞ。ここでゆっくり身の振り方を考え、決まったらわしの所へ参れ」

と、言った。そして彦丸に眼を遣ると、

「彦さん。また、ゆっくり挨拶も出来ずに別れねばならぬが、わしの心の中には、いつも立花村がある。遠慮なく何時でも訪ねてくれ」

と、格之進は優しい言葉で言い、来た時の雨支度で馬に跨り、原田源一郎と二騎で深川へ向かった。

この後も寺の庫裏《くり》では、村人が次々と集まり、日暮れまで宴会は続いた。

夜を迎えても雨は弱まる気配を見せず降り続いていた。

五　人攫《ひとさら》い

七日も朝から雨が強く降ったり弱くなったりと降り続いていた。

今日から寺子屋の授業を受け持つ事となった海老沼翔が松おばさんと共に、五つ半（午前九時）頃、常光寺の本堂に現れた。何時もの様に村の子七人と彦丸長屋の三人が集まっていた。

松おばさんが翔を子供たちに紹介した。

「私が今日からみんなの勉強を看る海老沼翔です。難しい事は遣りません。だから、みんなも楽しく学んで下さい。先生もみんなの事を早く知りたい。みんなも先生の事を知りたいだろうと思う。だから、今日は先生に何でも訊いて下さい。お互いに良く知り合った方が、遠慮せずに何でも訊きやすいからね。では、先生に何か訊きたい事のある人は？」

「はい」

と、先ず五郎が手を挙げた。

「五郎君、何を訊きたい？」

「先生は彦根藩士ですか？」

「うん、彦根藩士ではあるが、彦根生まれではない。それでも彦根藩に仕えるから、彦根藩士だ」

「何だかよく分からねえや」

「そうだな。じゃあ説明する。先生のお父さんが彦根藩士で、先代のお殿様が江戸城にお勤めになられる時、お殿様と一緒に江戸へ来た。そして、江戸でお嫁さんを貰い、私が生まれた。その後、お父さんが亡くなり、私はお父さんの後を継いだので、彦根藩士だが江戸生まれと言うことで、本当の事を言うと、先生は彦根という土地に行った事も有りません。分かったかね、五郎君？」

「はい、分かりました。先生は江戸生まれで、おいらも江戸は神田の生まれで、同じだ」

と、五郎が言ったら皆が笑った。

雨は降り続き、午後の部の授業は止める事となった。

昼飯の後、彦丸が海老沼先生の授業は「どうだった」と、五郎に訊けば「江戸生まれで、何を聞いても分かり易く答えてくれ、柔らも剣道も教えてくれるって」と、上機嫌で答え、彦丸も安心した。

その後、暫くして、子供たちの長屋を彦丸が覗くと、五郎の姿が見えない。

「五郎はどうした？」

と、市蔵と亀吉に訊くと、

「松おばちゃんのお使いで出かけたよ」

と、応えたので、隣の部屋に居た松おばさんに五郎の事を訊いた。

「亀戸の炭屋へお使いに出したが、まだ戻ってないかい？」

と、逆に訊かれた。

彦丸の頭に、嫌な予感が走った。そこで
「おばさん、いつ頃、頼んだ？」

「八つ（午後二時）頃だったけど、まだ戻ってない？　もう八つ半（午後三時）も過ぎてるし、いくら雨の中とは言え、遅いわねえ」

と、答えが返ってきた。彦丸は、

「亀戸の炭屋って、丹波屋？」

「はい、そうですが」

と、答えを聞くや否や、彦丸は桐油紙《とうゆがみ》で作った合羽《かっぱ》を引っ掛け笠を被ると雨の中へ飛び出した。

亀戸の炭屋、丹波屋に飛び込んだ彦丸が、五郎の事を訊くと、

「へい、確かにお見えになり、お寺に三俵、診療所の物置に七俵の計十俵を運び込む様に仰せつかり、代金も二分戴き、受け取り証も差し上げました」

と言う答えが返って来た。

これを聴いた彦丸は目の前が真っ暗になりかけたが、歯を食いしばり、取りあえず、成り行きを見守るより仕方が無かろうと、彦丸長屋へ足をむけた。

雨の降り続く中、彦丸が長屋に帰ると、松を始め春と翔、市蔵、亀吉が出て来て、皆が彦丸の家に集まった。彦丸は皆に言った。

「心配しなくても大丈夫。五郎は丹波屋で金を払い、受取証も貰って、仕事はちゃんと済ませている。その後、寄りたい所が有って寄っているのだと思う。心当たりは有るから皆心配はしないでくれ。そんな訳でみんな、騒がないで貰いたい。頼みますよ」

と、言って、翔を誘い、二人で翔の長屋へ戻って行った。後を閉めて部屋に上がると、翔が彦丸に訊いた。

「彦さん、五郎は事件に巻き込まれたな？」

彦丸は頷いて、

「そうとしか、考えられん」

「わしにも、詳しい話を聞かせてくれないか？」

「そうだな。私が此処へ越してくる前、常光寺の前住職がヤクザ者に寺を博打場《ばくちば》として使わせ、金を貰らっていた。ところがその坊主、自分も博打にのめり込み、胴元のヤクザに大きな借金をして寺のご本尊や釣鐘まで売り払って夜逃げをしてしまった。この話はしましたっけ？」

「いや、寺の再建を名主から頼まれた事は聞いたが、寺がどうして空き寺になってしまったのかは、今聞いて知ったよ」

「そうでしたよね。そんな訳で、空き寺に私が西念さんを連れて来て、寺はまだ再建途中だが、形も整い、年末年始とお盆の時期は大層な賑わいを見せる様になったんです。そして、立花村は診療所も出来て村も発展してきた。そしたら、先月の二十六日、鍵屋権六と云うヤクザが子分を連れてやって来た。このヤクザが五年前に常光寺を潰した奴なんだが、立花村と常光寺の賑わいぶりを見て、また、甘い汁が吸えると見たんだろうね。夜逃げした坊主に貸した金を返せときた」

「それで彦さん、その金を返したのかね？」

「飛んでもない。そんなものを支払ったら、何かに付けてタカリに来ますよ。そこで私は『名主さんに相談する』と言ったんだ。そしたら権六が言うに、寺の縁日と年末年始の出店の地割《じわり》の権利、盆と正月に寺で賭場《とば》を開く権利を寄越せときた」

「それでどう成りました？」

彦丸はこの後の成り行きを名主と相談し、彦根藩江戸藩邸に帰参した柳田格之進に相談して、常光寺は寺社奉行に管轄権のある寺として「常光寺への一切の関与はならぬ」と、寺社奉行の役人から鍵屋権六一家に申し付けて貰った経緯を話して聞かせた。

「それが、昨日六日の事だったんです」

「ははあ、それで昨日の柳田さんと原田さんが揃ってお見えになった事が納得できた。すると、五郎を攫《さら》ったと言う事は、常光寺の出入りを封じられた事に対する意趣返しと考えられるな」

「私もそう考えます」

「だとしたら、町奉行所に届け出るか？」

「それは翔さん、ちょっと待ちましょう。奴らのやる事は卑劣です。町奉行が間に入ったと知ったら、五郎を攫った証拠の無いうちに、人質を消してしまう恐れもある」

「じゃあ、どうする?」

「もう少し、相手の出方を見ようと思うんだ。こっちの出方を相手も見ていると思うんでね。大切な人質だ。案外大事に扱っているかも知れないしね」

「分かった。ここは彦さんの考えに任せましょう」

二人の会話が途切れた時、亀吉が夕食の支度ができたと、知らせに来た。


雨はまだ降り続いていた。この日の夕食の食卓は静かに始まった。誰もが五郎の姿が無いことに気が付いていたが、無口だった。彦丸が口火を切った。

「みんな、五郎の事が気がかりなんだろうが、あまり心配をしないで貰いたい。私には五郎の居る所も、居なくなった理由も判っている。二、三日掛かるだろうが、必ず戻ってくる。心配をせずに、騒がないで待ってやってください」

誰も何も言わなかった。食事が済むと後かたずけをする人だけを残し、皆が自分の部屋へ引き上げた。

彦丸も自分の部屋で腰を下ろした時、翔が引き戸を開け、顔を出して、彦丸に無言で「来てくれ」と合図をよこした。彦丸は直ぐ、翔の長屋に来ると、

「何かあったか?」

と、訊いた。

黙って差し出された紙切れを受け取り、そこに書かれた下手な字を読んだ。ひらがなだけのカナ釘流で、

「がきはあずかった。まちかたへとどけると、がきのいのちはない。つぎのしらせをまて」

と、読めた。彦丸が訊いた。

「これを何処で?」

「食事を済ませて戻ってみたら、それが土間に置いてあった」

彦丸は黙って腕組みをすると、

「うん、五郎は元気でいる証拠だ。今夜、様子を見に行って見る」

「彦さん、さっきも五郎の居所も、居なくなった理由も知っていると言ったが、どうしてわかるの?」

「翔さんも分るでしょう。これは意趣返しだと言ったのは翔さんでしょう」

「そうだったな。それで、五郎の居場所は？」

「相手は何軒もの家を持てるようなヤクザじゃ無い。自分の家に決まってると思う」

「それで、その家と云うのを彦さんは知っているの？」

「勿論」

「よし、俺も一緒に行こう」

と、海老沼翔が力強く言った。

この言葉を承諾した彦丸と翔が、今夜やる事の打ち合わせに入った。

それと云うのは、
・今夜は五郎が鍵屋一家に居るか、居ないかを確かめる。
・居たら、何処の部屋に居るのか。
・子分は何人居るのか。
・誰がどの部屋で寝るのか。
それだけ調べ上げたら、今夜は引き上げる。そして、敵の次の連絡が来ても、来なくとも、先手を打って明日の夜、五郎の奪還の計画を練って、実行する。

これらの事を二人が申し合わせ、今夜の目的実行の為、支度に取り掛かった。

雨はまだ降り続いていた。五つ半（午後九時）頃、彦丸と翔が桐油紙《とうゆがみ》の合羽《かっぱ》に身を包み、笠を被って草鞋《わらじ》履きで、立花村を出た。何処かで誰かに咎められても、入船町の岡場所へ遊びに行くか、帰りだと言い訳の利く作りだった。

晩秋の雨降りの夜は、真の闇に近かったが、彦丸の眼は道に迷う事は無く、翔は必死で彦丸の後を追った。立花村を出ると北十間川に架かる福神橋を渡り、川の土手を西へ進んだ。そして、横十間川の柳島橋を渡るとすぐに左へ折れ、南へ進んだ。前を行く彦丸に翔が話し掛けた。

「彦さん、もう少しゆっくり歩けないかね？」

「ご免、つい昔の癖が出て、済まなかった。なにも約束をしている情人が居る訳じゃ無し、急ぐことはなかった」

と、彦丸が言って、二人はクスクスと笑った。

「この辺は川に沿って、碁盤の目の様な区割りでね。道に迷う事は有りませんよ」

と、彦丸が説明をしながら、東西に掘られた堅川《たてかわ》に突き当る手前の街並みを右に折れ、その先の堅川に架かる四ツ之目橋を渡ってすぐ右に折れて西へ進む。南北に作られた横川と東西に流れる堅川が交差する。横川に架かる南辻橋を渡ると、横川沿いの道を南へ進み、小名木川《おなぎがわ》に架かる大きな新高橋を渡り、さらに南へ。福永橋迄来ると海が近くなり、この辺りは堀が縦横に走り、殆どが木材置き場の空き地と丸太を水に漬けたまま保存する貯水池となり、小さな橋がそここに架かっていた。

闇の中、雨は止む気配を見せない。

「翔さん、一度、海へ出て、海から入船町へ回り込みます。海が南だと云うことを、頭に入れておいてください」

「分かった。だが、初めての土地だし、皆目見当がつかん」

「なに、東西南北さへ分かれば、何とか見当は摑めます。今夜は下見だけですから、慌てずにお願いします」

彦丸は洲崎《すさき》の海ぺっりの道を西へ進み、大きな木材置き場の空き地を斜めに北へ突っ切り汐見橋の袂へ出た。

「翔さん、橋を渡って真っすぐ行った道が永代寺門前通りです」

「そうは言うけど、常夜灯が一つある訳じゃ無し、真っ暗で分からないよ」

「真っ暗だから、我々が動きやすいんじゃないですか。橋の手前の道の先、左右が入船町です」

「成るほど、岡場所だけ有って、雨でも灯りが点いてるね」

「変な所に感心しないで下さいよ。左側の一番手前の家が権六一家の家です。翔さんはその屋根付きの木材置き場に、隠れていて下さい。私はあの家の様子を見てきます」

と、言うが早いか、彦丸は闇に消えた。道に沿って植えられた生け垣を飛び越えて、庭に出た彦丸は、まだ、雨戸の閉められていない縁側の廊下の床下へ忍び込んだ。床下は思ったより高く、動き易かった。奥へ移動して家の間取りを調べた。六畳間を四つ付けた様な真四角な間取りで、小さな家だった。頭上から人声が聞こえる。人の居る気配のする部屋の下に移動して、耳を澄ます。

「親分も何時まで、このガキの面倒を見ろって言うんだろう」

「まあ、そう言うな。親分も寺社奉行の役人から『常光寺への手出しはならん』と言われちゃあ手も足も出ねえ。だからと言って、黙って引っ込んだんじゃメンツにかかわらあ。そこで考えたのが今度の手だ」

「だからと言って、縛ったままで面倒を見ろったって、無理だ。飯だって便所だって、面倒見切れねえや」

「そう、言わずに面倒見てやれ」

頭上から聞こえたこの会話で、五郎の居る部屋が分かった。

暫くして、縁側の雨戸を閉めに子分が動く。この時の子分と親分の会話で、権六の寝室も知る事が出来た。この家の夜間の人数は三人、寝る時間は、九つ（午前零時）頃と分かった。

縁の下を抜け出した彦丸が、翔の隠れている小屋に戻った。

「翔さん、待たしたね」

「おお彦さん、遅かったね」

「ご免よ。奴らの寝る時間を知りたかったんでね。変わった事は無かった？」

「この天気じゃ、猫一匹通りゃしないよ」

「じゃあ、今夜はこの辺で引き揚げましょう」

と、翔に声を掛けた。

二人は汐見橋を渡ると直ぐに北へ道を取り、右の堀が黒く見える水の向こうに権六一家の黒い家を見ながら進み、亀久橋を渡ると東へ進み、福永橋に戻って来た。

「彦さん、此処に戻ったと言う事は、権六の家のある入船町をぐるっと回って来たって事かい？」

「そうですよ。翔さんの土地勘も大したもんだぜ」

「海が南だと、教わったからね」

と、笑いながら、闇に慣れた眼で、二人は立花村へ向かった。雨は依然降り続いていた。


雨の降りしきる中、八つ（午前二時）前に、彦丸と翔が彦丸長屋へ戻った。

彦丸が自分の家の腰高障子をそっと開けると、春が起きて来て小声で
「お帰りなさい」

と、言った。彦丸が無言で頷くと、春が、

「何か、温かい物でも作りましょうか？」

と、訊いた。

「そうな、取りあえず酒を土瓶で半分ばかり熱くしてくれ。それと雑炊《ぞうすい》が良いな。翔さんが一緒なんだ。一緒に身体を温めたい。翔さん、入って下さい」

彦丸が土間に翔を招き入れ、後を閉めた。春が甲斐甲斐しく動き回っていた。

彦丸と翔が雨具を脱ぎ、部屋の長火鉢《ながひばち》に寄り添い、熾火《おきび》に炭を足して、煌々《こうこう》と火を熾《おこ》して暖を取った。

其処へ春が、土瓶に熱い酒と湯のみを運んできた。

早速、二人が熱い酒で、身体を温め、一息着いたとき、鉄鍋に熱々の雑炊が運ばれてきた。二人がガツガツと箸を運び、沢庵漬けをバリバリ食べながら、翔が言った。

「彦さん、こんなに旨い夜食は初めて食った。側用人の夜食は何時も冷めた食い物ばかりだったからな。ほろ酔い加減に熱々の雑炊で満腹満腹。俺は今夜は此処に泊まるぞ」

と、言うと、ごろりと横になってしまった。

彦丸と春が顔を見合わせ、微笑むと、翔を二人係で布団に寝かせた。そして彦丸が春に言った。

「春、五郎の居る所が、今夜、分かった。明日はなんとか連れて帰ることが出来ると思う。ちょっと勝手なまねをするが、黙って見ていてくれ」

「分かっています。あたしは彦さんの妻ですから、全てお任せします。さあ、遅いですから休みましょう」

と、彦丸は春に励まされ、布団にもぐりこんだ。雨は小降りになった様だが、まだ、降り続いていた。

翌日の朝の食卓に三つの空席が有った。昨日の夕食の時は五郎の席だけが空だったが、今朝は彦丸と翔の席が加わった。皆が気を使い寡黙だった。春がそれに気が付き言った。

「みんな、三人の事が気掛かりなのでしょう。心配には及びません。彦丸と翔さんは昨夜遅くなったものですから、まだ寝て居ります。五郎ちゃんの居所は知れた様ですから、二人に任せれば、きっと、帰って参ります。ご安心を」

この言葉を聞いて、この場の雰囲気が明るくなった。

彦丸と翔が目を覚ました。時刻は五つ半（午前九時）を過ぎていた。布団の中で、お互い、昨夜の疲れと、久しぶりに飲んだ酒が効いたかと思いながら、横になったまま顔を突き合わせ、話し始めた。

「彦さん、今夜はどんな手はずで、五郎を取り返す？」

「先方へ着いたら、私が雨戸を外して中へ入り、権六の寝間で、権六に武器を突き付け、五郎を呼ぶようにする。翔さんは廊下に居てくれても良し、外から様子を窺っていてくれてもいい」

「だが、真っ暗闇で、そんな動きが取れるかい？」

「権六の部屋には、寝間行灯《あんどん》が点いているだろうし、闇でも、私は夜目が効くから大丈夫」

「それで、上手く、子分が五郎を連れてきたら？」

「その時は翔さんが、子分二人をたた斬って、五郎を取り返して下さいよ」

「おいおい、彦さん、そう簡単に言うなよ。俺は侍でも戦に出たことも無し、側用人の身で、人を斬ったことも無い」

「翔さん、心細い事を言いなさんな。江戸育ちなら喧嘩の一つ位、やったでしょう？」

「そりゃ、若い時分にゃ、木剣を振り回して、負けた事は無かったがね」

「だったら、峰打ちでもいいですよ。相手は無頼の徒だ。下手をすると、こっちの命が危ない」

「分かった分かった。これはヤクザとの喧嘩だった。それに五郎の奪還の失敗は許されない。俺はやりますよ。だが、彦さんは夜目が効けど、俺の眼は暗い所に弱い。龕灯《がんどう》（前だけを照らす照明器具）は無いかね？」

「龕灯？　そうか、私は他人の眼も自分と同じ動きをするものだと、思ってしまうからね。龕灯ね。何処かで見た様な気がするなあ」

「あれが有ると、俺も動き易いんだが。彦さん、思い出してくれよ」

「確か、寺の物置の中だったかな。使い終わった農機具を仕舞に行った時に見た気がする」

「寺って常光寺？」

「そう、あの後ろに有る物置」

「じゃあ、直ぐに行って見よう。龕灯《がんどう》が有れば俺の動きも早く正確になる」

彦丸と翔は布団から抜け出すと、まだ降り続く雨の中、真っすぐに寺の後ろの、本堂と背中合わせに建てられた物置の板戸を開けた。

物置の中は薄暗かったが、彦丸の眼は直ぐに慣れ、棚に置かれた龕灯を見つけ出した。

龕灯を手にした彦丸が、

「翔さん、これかい？」

と、捧げて見せると
「あったね。彦さんの記憶は確かだ」

「だが、結構錆が付いてるが、使えるかな？」

今度は龕灯を手にした翔が明るい所で確かめて、

「大丈夫。中は油が利いて居て、分銅は自在に動くし錆も無い。これが有れば、俺も十分に動ける。時に、彦さん腹が減ったな。昼飯の後、俺の部屋で作戦を練ろうぜ」

朝食抜きだった二人は、物置を元に戻し、診療所の食堂に向かった。

昼食を済ませて、翔が彦丸を自分の部屋に誘い、今夜の夜襲の計画を話し合った。翔は自分の持って行く武器は「脇差にする」と、言った。

「刀でなく、脇差？」

と、彦丸に問われ
「そうさ、どうやら狭い部屋の中での喧嘩になりそうな気がする。刀は長くて扱いにくい。そう考えて脇差一本にする。彦さんの武器は何？」

「弱ったなあ。私の武器は錐《きり》が一本」

「錐？　錐って板などに穴を開ける、あれかい？」

「そう。私の剣道は突きだけしか出来ないから。槍《やり》は長くて私には使えないし、錐だけ」

この言葉を聞いた翔は納得が行かずに訊いた。

「彦さん、どうも話だけでは納得が行かない。その錐という奴を見てみたいんだが、見せてくれないかな？」

「弱ったなあ。じゃあ、見て貰いましょうか」

と、彦丸は言って、着物の衿に手を遣り、掛け衿の中に隠し持っていた錐を掛け衿《えり》の縫い目より取り出した。

「これが、錐《きり》です。私の武器は何時もこれだけ」

と、彦丸が翔に着物の衿より取り出した錐を手渡した。

錐を手にした翔は、長さ八寸（二十四センチ）ほどの錐の先を、上にしたり横にしたりして確かめていたが、納得がいかない様で訊いた。

「こんな畳針の化け物の様な物で、刀と立ち会えるの？」

「まあね」

「まあねって、刀と向かい合って、勝ったこと事が有るの？」

「有ります。ただし、その錐だけでは、短刀替わりには成るが、刀とでは立ち会えない。刀と勝負するには、細い竹筒の先にその錐を付け、全体の長さは三尺（九十センチ）位に仕立てます。小型の槍という感じかな。それで、勝った事が有ります」

翔の顔は子供が不思議な玩具を手にした時の様に、目を輝かし、彦丸にその時の喧嘩の様子を話すように迫った。

彦丸は、仕方なく、何年か前の千住の河原で、女郎の情人となって食っていた浪人との決闘（落語小説『宮戸川』参照）を話して聞かせた。この時の翔は、彦丸の話に心を奪われ、真剣な顔で色々訊いてきた。

彦丸は、翔の真剣さに「この人は今まで真剣勝負など経験のない人」だと思い、真摯に答えていた。

二人が夢中で話し合っていた八つ（午後二時）過ぎ、今まで降り続いていた雨が急に強く降り始め、その豪雨は一刻（二時間）余りも降り続いたが、その後、雨はピタリと降り止んだ。


夕ご飯が、何時もより静かに済んだ。彦丸は皆の気持ちが弾まないのは、五郎の姿が見えないのが、原因だと分かっていた。だが、何も言うことが出来なかった。皆がそれぞれの部屋に引き上げた。

彦丸は今夜出掛ける支度をしながら春に言った。

「今夜も翔さんと出掛けるが、心配しないで貰いたい。これから、打ち合わせをするから、その間に夜食のおむすびを六つほど作って置いてくれ。出来たら、届けてくれると有り難い。頼む」

と、言い残して翔の部屋に向かった。

辺りは早くも夕闇に覆われていたが、久し振りに空には星が瞬いていた。

彦丸が翔の部屋を訪れると、翔は龕灯《がんどう》の手入れを済ませ、中に灯の付いた蝋燭《ろうそく》を入れ、使い勝手を試していた。

「どうです？　翔さん。使えますか？」

「おお、大丈夫。どう振り回しても火は消えず正面を照らすよ」

「暗闇で、蝋燭に灯は点きますか？」

「大丈夫、火口の良いのが有るから、石を二回も打てば灯は点く」

と、翔が手にした火打ち石をかざして見せた。暫くして翔が言った。

「だがなあ、彦さん。彦さんの武器が、どの位役立つものか、見てみたいものだなあ」

彦丸は黙っていた。

「其処に持ってきた細い竹竿《たけざお》が、錐《きり》を付けて小型の槍《やり》になるのかい？」

なお、彦丸は黙っている。

「彦さん、何か一つ突いて見せてよ」

彦丸は黙って立ち上がると、竹竿の先に錐を装備し、翔の身体の近くへ寄った。そして言った。

「翔さん、その火を入れた龕灯を持って立って下さい。距離はこのまま。私に龕灯を向けて下さい。私の合図で、龕灯を前後か左右に動かしてください。振っては駄目です。動かす間合いは翔さんの自由です」

翔は二三度、龕灯を縦横に振って、

「こんなもんでいいかい？」

と、訊いた。

「翔さん、一回しか遣りません。その龕灯の芯を突き切って見せます。さ、何時でもいいです、好きな方向へ龕灯を動かしてください」

と、彦丸は、これと言って構える訳でもなし右手に錐《きり》の付いた竿《さお》を握っているだけだった。

翔が頃合いを見て左手に持った龕灯を右に動かそうとした時、一瞬辺りが暗くなった。

翔が不思議に思い、行灯の明かりで龕灯の中を改めると、蝋燭《ろうそく》の芯が突っ切られていた。

龕灯を持っていた左手に衝撃は感じていなかった。

翔は今、口を利くことが出来なかった。

彦丸もまた、無言で竿から錐を外し、錐《きり》を着ている着物の左衿《えり》に戻した。

暫くして翔が彦丸に話し掛けた。

「彦さん恐れ入りました。一つ聞いていいかな?」

「何です?」

「相手の武器が槍だった場合はどう戦うの?」

「その時は逃げます。逃げるが勝です」

翔はこの答えにまた、言葉が出なかった。

「翔さん、勝負は一瞬です。勝てないと悟ったら逃げる。それでなければ生き伸びられない。これも、父の教えです」

と、彦丸は言ったきり、無言で支度に掛かっていた。

春が作ってくれた塩結び、さらし布半反《ぬのはんたん》、桐油紙《とうゆがみ》の合羽《かっぱ》を小さく畳んだ包みを、背中に斜に括り付けた。腰には錐に着ける竹筒が刺さっていた。

翔も彦丸と同じ様に、股引を穿き革製の足袋を履き草鞋《わらじ》を付けた。

頃合いを図って彦丸と翔が立花村を発った。今夜の行く先も目的も定まっていた。急ぐ事は無い。

星が瞬いている今夜は雨の昨夜と違い見通しが効いた。只、昨夜と同じ道を辿っているのだが、午後に一刻余りも降った豪雨の為か、渡る運河の水が橋の袂まで着て居たり、堀の水も土手上の道に上がりそうな感じの高さまで来ていたりしていた。

海に近い福永橋当たりの水嵩はどこも貯水池の縁を超えそうに水を湛えていた。

彦丸と翔は昨夜と同じ道程で海ぺっつりを通り屋根のある木材置き場の陰に入った。

今夜の入船町中通りには、岡場所だけに赤々と灯が燈り、人の通りも多かった。

二人は木材に腰を下ろしたが、さすがに無言で時を過ごした。

潮入橋を行き来する人の数も、めっきり減った。

「今、なんどきかなあ」

と、翔が口を利いた。

「間もなく九つ（午前零時）だろう。そうしたら権六の家の雨戸が閉まる。その時は二人で縁側の床下へ移動しよう」

彦丸の言葉に翔が黙って頷いた。

やがて、何処からか、鐘の音が聞こえてきた。中通りの灯も消えた様だ。

彦丸が陰から抜け出し、権六の家を窺ってみると何時の間にか雨戸が閉まっていた。

彦丸が翔に合図をして、道を横切り、低い生け垣を超え、二人して縁の下へ身を隠した。何時の間に支度をしたのか、彦丸の右手には錐《きり》の武器が握られていた。

この時、何処か遠くで叩く、半鐘の音がカンカンカンと三つずつ、間を置いて叩かれていた。翔が小声で訊いた。

「彦さん、あの半鐘の音、遠くの火事でも知らせて居るのかな？」

彦丸は、無言で首を傾げていた。やがて彦丸が縁の下を動き始めた。五郎が囚われている子分の部屋と、権六の寝室の下で、上の気配を確かめていた。やがて彦丸が翔に言った。

「翔さん、あの半鐘の音に合わせた火打ち石を叩き、龕灯《がんどう》に灯を点けることは出来るかね」

翔はニンマリ笑うと袂から石と鉄片、蝋燭《ろうそく》と火口を取り出し、暗い中、彦丸に見せた。翔は火打ち石と火口を左手に、鉄片と蝋燭を右手に持ち、半鐘の音に合わせて石と鉄片を打ち始めた。

チッ、チッ、チッと小さな火は飛ぶが火口に火が移らない。次に翔は一回だけ、金の音に合わせ、かなり強く、カチッと石を打つと火口に火が移り、火口から蝋燭の芯に火が燈った。火の付いた蝋燭を龕灯の軸に差し込むと、かなりの光量が前方を照らした。翔は慌てて、懐から手拭を出し、光を覆った。翔が彦丸の顔を見ると彦丸は笑っていた。そして小声で言った。

「翔さん、大丈夫、みんな寝ていて火打ち石の音になんか、気が付きゃしませんさ。じゃあ、寝入りばなを襲うとして、私が雨戸を外し、権六の部屋に忍び込みます」

と、縁の下から出た時、庭にかなりの水が溜まっていることに気が付いた。彦丸は翔を側に呼ぶと、

「翔さん、事によると、出水が有るかもしれない。雨戸を外したら、龕灯の明かりが漏れないようにして、一緒に廊下に上がり、廊下の突き当りに潜んでいて下さいよ。後の指図は私が大声で支持するから、そうしたら勝手に暴れて下さい」

と、言って一番手前の雨戸の下の方に錐の先を突き刺し雨戸を持ち上げると、難なく雨戸は外れた。雨戸を音のしない様に隣の雨戸に立て掛けた。

二人は家の中へ耳を澄ましたが、何の音もしない。二人して縁側に上がり、翔は廊下を真っすぐに進み、突き当りに身を潜めたらしい。灯りは洩れていない。これを見て、彦丸は目の前の障子をそっと開けた。寝行灯の灯が薄く闇を照らしていた。彦丸は寝ている権六の頭の方に回り、右手で喉元に錐を当て、揺り起こしながら、左手は声を立てられない

様に口を塞ぐ用意をしていた。

権六が目を覚ました様だ。彦丸はドスの利いた低い声で、すかさず言った。

「声を立てるな。言うとおりにしろ。さもないと殺す」

権六が微かにうなずいた。

「よし。子分どもに子供を此処へ連れてくるように言え」

権六がためらうと、彦丸は錐《きり》の先を皮膚に食い込ませ、

「大きな声で呼ぶんだ。嫌なら死んでもらう」

と、錐を突き立てた。権六が、

「おーい、野郎ども、ガキを俺の部屋に連れてこい」

と、大声で叫んだ。

隣の部屋で起き出す気配が感じられた。まだグズグズしている様子に、彦丸が錐を突き上げる。

「早くガキを連れてこいと、言ってんだ」

と、権六が怒鳴った時、外の半鐘の音が早打ちに変わった。

子分二人が手を結わかれた五郎を連れ、縁側に現れながら、

「おい、近所で火事かな？」

「バカ、水だ水。親分、水が床上まで来そうですぜ」

と、一人の子分が言った時、どっと水が廊下から、部屋の中へ流れ込んで来た。

「うわあ、水だ。逃げないと家に閉じ込めれるぞ」

と、二人の子分は五郎を放り出すと、縁側から外の水の中へ飛び出した。

薄明りの中、これを確認した彦丸は、

「五郎、こっちへ来い。翔さん、龕灯《がんどう》を持って部屋に入ってくれ」

と、大声で叫んだ。

五郎が直ぐに水を踏んで彦丸の側にやって来た。翔も障子を蹴破り部屋に入りながら龕灯を廊下に向けると、権六が機敏にも、この隙を突いて、水を蹴散らしながら外へ逃げ出す背中が見えた。

足元から、権六の寝ていた布団が浮き上がって来た。

「翔さん、五郎の紐を解いてやってくれ」

と、彦丸が言うと、翔が脇差を抜いて五郎の手首を結わえていた紐を切り、五郎の手足は自由になった。寝行灯《あんどん》はまだ火を燈していたが、水は膝頭まで上がって来た。途端に家が揺れ、其の儘浮き上がるのを、三人が感じた。翔が言った。

「彦さん、三人で外へ出るか?」

「いや、そこの押し入れだ。押し入れから天井板を破り、屋根裏から屋根を破って、屋根の上に出る」

「流石《さすが》は彦さん、分かった。五郎、押し入れの棚に上がれ。彦さんも先に上がって天井板を破ってくれ、俺は龕灯《がんどう》で照らす。二人が屋根裏へ上がったら俺も行く」

「頼んだぞ翔さん。水に溺れるな」

「バカ言うな。俺は子供の時分、大川の河童と呼ばれた男だ」

と、さけんだ。

水嵩が増し、寝行灯《あんどん》の灯が消えた。彦丸は龕灯の明かりで、天井板をうまく破り、先ず五郎を屋根裏へ上げ、自分も上がった。翔が押し入れの棚に上がり、龕灯を上の彦丸に手渡した。水は押し入れの棚を濡らし始めていた。

翔も屋根裏に上がり、龕灯の明かりで五郎を見ると、気丈にも泣きもせず、歯を食いしばって居た。彦丸が思わず五郎を抱き締めた。

五郎も彦丸にかじり付くと、安心したものか、声をあげて泣き出した。

彦丸は五郎を助け出すことが出来て、本当に良かったと、つくづく感じた。

家は水に浮いて、ゆっくり何処かへ流されている様な感じがした。

「翔さん、屋根の高い所に穴を開けてくれないか。どっちの方角に流れているか確かめて、よく考えなければならない」

「よし分かった」

と、翔が屋根の材質を探ると、

「彦さん、屋根はヒノキ板を貼った作りだ。直ぐに外へ出られるよ」

「だったら、外に出られる様にしておいてよ」

と、言うと、彦丸は龕灯の明かりを五郎に当て、着物の酷い破れに気が付いた。それに腰から下が濡れている。彦丸は直ぐに背負っていた包みを解くと、さらしの布を取り出し、

「五郎、着物を脱いで、このさらしを胸から腹の下までしっかり巻け。外は寒いからな。それから、この手拭で、手足を良く拭え、それからその着物を着ろ。風邪を引かない様にな」

と、優しく言うと、五郎も素直に従った。着物を着終わった五郎に竹の皮に包まれた塩むすびを与えると、五郎は一心に食べ始めた。

彦丸が翔の開けた屋根穴から、外を見て、間もなく言った。

「翔さん、この流れは、洪水じゃなく、高潮によるものだぜ。他に流されている家も、みんな北の堀に流れている。この高潮が引き潮に変わると、今度、水は海へ流れる。早い所、橋でも有ったら、其処から陸へ上がろう」

「本当かい？　彦さん。じゃあ、早く屋根に上がろう。五郎も早く屋根に上がるぞ」

と、言うと三人で屋根の天辺にあがり、腰を下ろした。流されている家はどれも半分以上水に浸かっていたが、屋根の上に人が居るのは彦丸と翔と五郎が乗っているこの家だけだった。

間もなく、彦丸が側に近づいて来た橋に気が付いた。

「翔さん、あの橋は確かに亀久橋《かめひさばし》だと思う。この家は水嵩が高くて橋桁に留められる。おそらく橋の欄干《らんかん》に手が届くだろう。その時、翔さんが先に上がって、五郎の手を取ってくれ。直ぐに私も上がる。グズグズしていると潮が変わって海へ持って行かれるぞ」

翔も五郎も彦丸も素早く橋の上に上がることが出来た。一息つく暇も取らず、三人は水に浸かった所もある道を、足を濡らしながら立花村へ向かった。

地表の出来事とは裏腹に、空には星が何時もの様に静かに輝いていた。

次の日の朝、診療所の食卓には、五郎を始め、彦丸、翔と何時もの全員の顔が揃っていた。誰も何も聞かず、五郎も彦丸も翔も何も語らなかったが、それでも何時もの和やかな雰囲気が流れていた。

朝食後、彦丸は常光寺へ顔を出し、西念と会った。西念が満面に笑みを浮かべ、

「彦さん、心配したんですぜ。それで首尾は？」

「上々吉さ。明日から、寺子屋も再開だ」

「じゃあ、五郎も無事で？」

「当り前よ。ところで昨夜この辺りは水の被害に会わなかったかい？」

「いや、全く心配ない」

「そりゃあ何よりだ。時に、昨日の午後大雨が降っただろう」

「ああ、降った。だがあの後、ピタッと雨が止んでさ、夜なんぞ星が出ていたぜ」

「ところが、深川の方じゃ、今までの雨とあの大降りで、何処の堀も水が満杯でさ。そこに、大潮が押し寄せて、昨夜の内に入船町などは、跡形も無く流されちまったって噂だよ」

「本当かい？」

「今朝早く、あの辺りを通ってきたと言う人に聞いたんだ。入船町と云えば、権六の家が有る所だよね」

「ああ、そうだ」

「今度あの辺りを通ったら、権六一家がどうなったか、探って見てくれないかな」

「よし、分かった。今日にでも行って見ますよ」

と、西念は張り切っていた。今後の常光寺の安泰が西念自身の眼で確認出来れば、それに越した事は無いと、彦丸は考えたのだった。

次の日の寺子屋の始まる時間に、西念が彦丸を呼び出して、庫裏《くり》の囲炉裏端《いろりばた》に座らせた。

そして直ぐに言った。

「彦さん、彦さんの言った通り、一昨日の晩の高潮で、入船町は壊滅状態でしたぜ」

「西念さん、行って見てきたの？」

「当り前よ。五郎ちゃんを攫《さら》うような悪党の家がどうなったか知りたかったものでね。近所の人の話じゃ、門前通り迄水は来たらしいが、朝までには引いたんだって。だが、汐見橋から向こうは材木置き場に拵《こしら》えた街だから、深川と言っても大分低い土地だったらしい。ましで雨続きで周りの貯水池や堀は満杯で、海っぺりだったたから、高潮にそっくり持って行かれたらしい。町が無くなったばかりか、住んでいた人の死体も満足に見つかっちゃ居ねえらしいや」

「そりゃ気の毒に。じゃあ西念さん、鍵屋一家の消息も知れないの？」

「ああ。入船町はただの水溜りに成っちまったからね」

「そうかい。人間、運と災難には、いつ出会うか分からないと言うが、亡くなった方達は本当に気の毒だ。西念さん、亡くなった方々のご供養を念入りにしてやって下さいましよ」

と、彦丸は西念に頼んだ。だが、後は何も喋らず背を向けて歩きだしていた。

六　年末てんやわんや

十月も中旬に入り、小春日和の穏やかな日が続いていた。常光寺の先代の坊主が夜逃げをした時以来、常光寺の鐘楼堂《しょうろうどう》に梵鐘《ぼんしょう》は無かった。そこで彦丸は、今年の大晦日には、是が非でも、村中の人が除夜の鐘を突く事が出来る様に、しなければならないと、心に決めていた。

この事は名主の田沢文蔵の悲願でもあり、村人全員の願いでもあった。既に名主には、柳田格之進より十両の寄進を頂戴している事は話して有り、鐘楼堂の再建は一切差配の彦丸に任せると言われていた。

彦丸は先日、浅草材木町の宮大工の棟梁《とうりょう》、政五郎の所へ鐘楼堂再建の相談に訪れていた。政五郎も五十路を過ぎたと言い、大層な貫禄が備わっていた。それに彦丸の人間性を信用しているので、彦丸の相談には親身に成って乗ってくれる。

彦丸の、ひと通りの話を聴いた政五郎が言った。

「彦さん、今の話じゃ、鐘楼堂は修理をすれば使えると思う。立花村へ診療所と彦さんの長屋を建てに通っていた時、何度か見ているから心配ない。問題は梵鐘《ぼんしょう》だな。前の物と同じ様な物が良いのかい？」

「いや、前の物は売り払われて何処へ行ってしまったか分かりません。それに、私も見た事が無いもので。名主さんは私に任せると言ってくれております」

「うーん。新品の物は安くて三十両、上を見りゃあ切りがねえ。家の物置に火事で焼けた中古の鐘が一つあるが、見てみるかい？」

「どんな物です？」

「巣鴨の方の小さな寺が火事に会って、鐘楼堂も焼けちまったが、鐘は黒焦げだったが残った。使って使えない事は無い。住職に頼まれて、俺が預かっている。その寺は再建も済んで、鐘楼堂も建て直し新しい梵鐘も釣られている」

「じゃあ、物置に有るその鐘は黒焦げのままですか？」

「冗談じゃないよ、彦さん。チャンと鍛冶屋へ出して錆を落とし、色も塗り替え新品同様さ」

「へえー。それ、幾らです？」

「値段は付いちゃいねえ。もし良かったら、其処の住職と相談するが、見てみるかい？」

「いや、近近、うちの西念和尚を連れて来て、其処で決めたいと思いますが、如何でしょう？」

「おお、俺の長屋に居た西念か。彼も彦さんのお陰で出世したものだ。じゃあ、そうして貰おう」

と、先日の話はこう言うものだった。

今日の彦丸は、先日の宮大工の政五郎との話を纏《まと》めようと、西念を連れ、材木町にやって来た。

西念は浅草へ来たら、先ず、観音様のお参りを済まさなければ、次へは動けないと言い張り、彦丸も観音様へのお参りを付き合わされた。

棟梁は忙しいらしく、彦丸と西念を見かけると、直ぐに物置へ連れて行き、そこに置いてある梵鐘を二人に見せた。

西念はこの場で「梵鐘の音色を聴きたい」と言ったが、それは簡単に釣り上げられる代物では無く、

「彦さん、悪いがどうしても出掛けなきゃならねえ仕事があるんだ。明日、向うの寺へ行くから、五両出すなら、話を纏《まと》めてくる。金の事はうちのかかあに言っておいてくれ」

と、言い置くと、迎えに来た若い衆と飛び出して行った。

「彦さん、今、棟梁《とうりょう》を迎えに来た若い衆は、安坊じゃ、なかったかい？」

「安坊って？　霊岸島の長屋に居た時の？」

「そうさ。良い若衆に成ったねえ」

「そうだ。確かに安雄だ」

「今頃思いだしやがって、薄情な男だぜ。彦さんの義弟じゃねえか」

「ああ、確かに弟だ。彼の姉の春を嫁に貰ったんだからな」

「何を暢気なことを言ってるんだ」

と、彦丸は西念に言われ、苦笑するより他は無かった。そして、いくら多忙とは言え、家族の事を忘れていた自分に反省しきりだった。と共に安雄が一人前の大工に成ったかと思うと、安心と嬉しさがこみ上げてきた。


十一月の初めには、常光寺の鐘楼堂も綺麗に修理も終わり、梵鐘の方はかなりの重量が有ったので、村人の多くの人が手伝い、鐘楼堂に見事に釣り下げられた。

吉日を選んで鐘楼堂の鐘開きの日が決まった。名主の田沢文蔵が祝い酒の四斗樽を用意してくれたので、政五郎棟梁、名主の文蔵、良庵先生が杵《きね》を持ち、西念和尚が一番鐘を力一杯突くと、鐘の音が美しくも重々しく響き渡った、と、同時に杵が振り下ろされ、鏡樽が開いた。そして大きな拍手が沸き起こり、祝い酒はこの場の全員に振る舞われた。

真新しい紺の色の半纏《はんてん》腹掛け、食い込む様な同じ色の股引を吐き、紺足袋に白い鼻緒草履、頭に純白の鉢巻きを祝い結びした若い衆が彦丸の側にやって来た。そして言った。

「よう、彦兄い、気の強い姉ちゃんと上手くやってるかい？」

「おお、安雄か。姉ちゃんは俺の言うがままさ」

「ちぇ、惚気《のろけ》てやがらあ。せいぜい上手くやんなよ」

と、安雄が言って去って行った。

彦丸は何だか暫く、甘酸っぱい気分に浸って居た。

それからの彦丸の日々は、常光寺を中心とした年末年始の準備と、風邪薬を作る作業に追われる日々が続いた。

海老沼翔は子供たちの面倒を見ることが、意外と性に合っている様に見受けられ、子供も寺子屋通いを止めると言い出す者も無く、毎日を楽しく暮らしている様だった。

暖かい好天の日が良く続いた十一月も終わり、師走に入ると、木枯らしの吹く日も多くなった。

十二月十三日、この日、お城は大奥の煤払《すすはら》いの日と定められていた。この日に合わせ、市中の大店も挙って大掃除をする家が多かった。

風のない日当たりの良い今日、浅草花川戸の札差し「万屋《よろずや》」も御多分に洩れず、朝から煤払いに大わらわだった。ただ、大旦那の萬兵衛は浮かない顔で離れに座っていた。八月、中秋の名月を家族全員と柳田格之進を交えて祝った次の日から、五十両の金のゴタゴタで、気分が優れなかった。

思い出せば、自分はあの晩、離れで、あの柳田格之進様と碁を囲っており、その折、自分の失態で生涯にただ一人、巡り会えるか、会え無いかと云う大切な友人を失う事に成ってしまった。

確かに、あの碁を打っていた場で、紫の袱紗《ふくさ》に包まれた五十両の金を、一番番頭の手から受け取った。

それから、便所へ立って、また、碁に夢中になり、一勝一敗の勝負で、また後日にと別れた。翌日、あの五十両の金が見当たらない。よく考えれば考えるほど、自分の失態だと分かる。だが、番頭は柳田様が盗んで行ったに違いないと言う。

萬兵衛は、決して柳田様はそんな事をするお方では無いと言ったのに、番頭は強引にも柳田家へ押しかけ、五十両の金を回収してきた。柳田様に限って、そんな間違いを犯す人ではないと思う萬兵衛は、その金を自ら返金しようと、柳田格之進の住む長屋を訪れたが、既に転宅をした後だった。

あれ以来、萬兵衛の心は迷い続けていた。柳田様はやはり、あの晩、金を持って行って、それが露見したので出奔したものなのか、でも、あれは、自分の過失だった様な気もする。どちらとも、はっきりしないまま、月日は過ぎて行った。碁敵を、否、真から心を許せた親友を失ってしまった事に、萬兵衛の心は晴れる事がなかったのだった。

大掃除も半ば済んだ昼過ぎ、

「大旦那さん、この離れの間を掃除するようにと、番頭さんからあたしが、仰せつかりましたので、暫く、居間の方にお移り下さい」

と、来年十六に成る、小僧の定吉に言われ、主の萬兵衛は居間に移った。

萬兵衛は長火鉢《ながひばち》の前に座り、自分でお茶など入れながら、ぼんやり過ごしていた。四半刻（三十分）も過ぎた頃、定吉が居間へ駆け込んで来た。

「大旦那さん、離れの六畳と四畳半の欄間《らんま》に、はたきを掛けようと思いまして四畳半の欄間に掛かっている富士山の額を外しましたら、額の裏からこんな物が出てきました」

と、紫の袱紗《ふくさ》に包まれた、こぶし大の物を萬兵衛に差し出した。

これを見た萬兵衛の顔色が蒼白に成った。

「あれだ。十五夜の晩、番頭から受け取った五十両。不浄の所へ持ち込むのが嫌で、あの富士山の額の裏に置いたんだ。その後厠《かわや》から戻り、碁に夢中となり、金の事はすっかり忘れてしまったのだった」

と、萬兵衛ははっきり思い出した。

萬兵衛は「落ち着け、落ち着け」と自分に言い聞かせ、先ず、何をすべきかと、考えた。

「柳田様に濡れ衣を着せた事は、これではっきりした。ともかく、柳田様を早く見つけ出して、お詫びを申し上げねばならない。それが第一だ」

と、萬兵衛は思った。

「おーい、番頭さん、大変なことが出来たんだ。早く此処へ来ておくれ」

と、萬兵衛は大声で叫んだ。

一番番頭の源兵衛が直ぐに現れた。

「旦那様、お呼びで御座いますか？」

「番頭さん、あの時のお金が出ましたよ」

「と、申しますと、何時の？」

「ほら、十五夜の晩、お前さんから私が受け取った五十両」

「はい、あれは柳田様より、お返し頂き、あたしが旦那様にお渡し致しました」

「そうではないんだよ。あのお金は私が受け取って、はばかりに立った折、不浄の場にお宝を持ち込むのが嫌で、欄間《らんま》に掛けてあった富士山の絵の額の裏にヒョイと置いて、はばかりへ入り、その後碁に夢中でその事をすっかり忘れて、今日まで来てしまった。さっき定吉が離れの掃除をしようとして、額の裏からあの袱紗《ふくさ》包みを見つけ、私の所へ持って来たんだ。だから、柳田様はやっぱり五十両の金なんか、持ち帰ってはいなかったんだ」

「では何故、お金を返して寄越したんでしょう？」

「それは、お前に奉行所へ訴えると言われ、無実を晴らすにも、お上のお調べは受けたくない事情がお有りだったんだろう。それで、別に金を拵《こしら》え、お前に寄越したのだ。だから、お前は柳田様に濡れ衣を着せたんだよ」

「それではあたしはどうしたら宜しゅうございましょう?」

「どうしましょうと言われても。取りあえず一刻も早く柳田様を見つけ出して、先ずはお詫びを申し上げねばなるまい」

「ですが、あの折お約束をした事が気になります」

「何だ、約束した事とは?」

「あの時、柳田様はおっしゃいました。『わしは金を決っして盗んではおらん。盗んでいない金なら、必ず他から出る。その時わしに何と詫びをするか』と、おっしゃいました」

「おお、思い出したわ。確かお前は自分の首を差し上げると、言ったんだっけな」

「はい、それとついでに、旦那様の首も一緒にと。ですから、柳田様を見つけない方がよろしいかと」

「馬鹿者。あれだけのお人に無礼を働いたのだ。それが間違いだったと分かって、知らんぷりが、出来るか。この事を隠し通して生き延びる位なら、あたしは柳田様に首を差し上げます。お前は嘘をつき通しても生きたいのなら、今すぐこの家から出てっておくれ。そんな不誠実な人間とあたしは一緒に居たくない」

主人のこの言葉を聞いた源兵衛は、暫く口を利くことが出来なかった。そして、番頭は決心したものか、言った。

「旦那様、あたしの心得違いで御座いました。あたしは今日まで、旦那様の元、誠心誠意働いて参りました。それでも、しくじりました。あたしも、間違いと知りながら、知らんぷりは出来ません。これからも男らしく、正々堂々と生きたいと思います。柳田様に出会えましたらその時はその時です。柳田様を誠心誠意見つけ出し、お詫びを申し上げたいと存じます」

「おお、源兵衛、良く言った。それでこそ、万家の一番番頭だ。ま、その時はその時。兎も角、我が家に出入りをしている全ての者に、柳田格之進様を見つける様に頼みなさい。見つけた者に懸賞金五両。家へ連れてきた者には十両の懸賞金を払います。柳田様は江戸市中の何処かに居るに違いないのだから」

この主人の言葉が、奉公人は勿論、町内の頭からも町中に広まったから、大変な騒ぎとなった。

江戸の町中を流して歩く、各種の棒手振《ぼてふ》り達もこの噂を聞きつけ、品物を売るのはそっちのけで、柳田格之進を見つけるのに奔走した。

だが、柳田格之進の姿は杳《よう》として見つからなかった。その内、暮れも押し迫ってくる。万家萬兵衛は正月の支度などはそっちのけで、奉公人を叱咤していた。萬兵衛は小僧の定吉を捕まえると、

「定吉、お前も居眠りばかりしてないで、柳田様を見つけに出掛けなさい」

「旦那様、今日もしっかり行ってきました」

「何処へ？」

「はい、漠然と探すより、易者に見て貰った方が早道かと、二天門の所に出ている、評判のいい易者に見てもらいました」

「何と言った？」

「筮竹《ぜいちく》をガチャガチャやった後で『そのお方ならこれより辰巳《たつみ》の方角に歩いて行きなさい。すると、道の左右、どちらかにある最初のタバコ屋の角を曲がれば、其処で尋ね人に必ず出会える』と、言うものですから、辰巳の方の道を行きました。すると、最初のタバコ屋が右手に有ったので、其処を曲がるとばったり、出くわしたんです」

「柳田様にか？」

「いえ、神田のおばさんに」

「馬鹿者、余計な事は言わんでも良いわ」

そんな、あれやこれやで今年もあと数日を残すばかりとなって行った。


一方、師走に入った立花村も、彦丸が大奮闘をしていた。

先ず、立花村の若い衆の代表者が三人、彦丸に会いに来た。用件は、新しく整った鐘楼《しょうろう》堂《どう》の除夜の鐘を撞《つ》く順番を決めたいとの提案だった。

彦丸は自分がこの村に来る前は、どの様な順番が決められていたのかと訊いてみた。一人が言った。

「おらあ、哲男と言うもんで、歳は二十歳、独り人者だ。村にゃ、おらあみてえな独り者が十人ほどいて、何かを遣《や》る時はこの十人が相談をしてやっている。前の住職は吝嗇《りんしょく》で業突張りだったから、一番鐘から二十番までの鐘を撞くには、銭を取っていただよ。これにゃ皆が不満を持っていたが、変なヤクザもうろついていたもんだから、黙ってただ。今度の差配《さはい》さんは話の分かる人だと評判だで、相談に来たんだが。除夜の鐘と云やあ、一年の邪気を払い、新しく福を呼ぶ歳を迎える縁起物だ。何とか村の者の不満のねえ様にしたいと思って、やって来たです」

「そう、よく来てくれた。名主さんはその時、どうしてた？」

「坊主が一番を突いて、名主さんは二番だったかな、良く覚えてねえ」

彦丸は暫く考えていたが、

「どうだろうねえ。いま、鐘つき棒には綱が一本しか付いてないが、あれを、前に二本、後ろに二本付けて、四人で一つの鐘を撞く。そうすれば一番鐘を四人で撞く事になる。どうかね？」

「ほう、すると二番鐘も四人で、三番鐘も四人」

「そうだよ。そうすれば皆の不満も和らぐんじゃないかな」

「それで、順番は誰が決める？」

「そりゃ、鐘を撞きたい人全員で、籤《くじ》で決める。勿論、誰でも無料でさ」

「そりゃいい。みんなどうだ？」

と、哲男が後の二人に訊けば、稔《とし》も竹《たけ》も賛同した。

「だが、皆に一つ頼みがある。一応、村の中にも顔を立てて置かなければならない人も居る。其処で、一番鐘は、和尚、名主、診療所の良庵先生と、村の長老の四人に撞かせる。後の順番は皆で決めてくれると、嬉しいんだがな」

「そりゃあ、いい考えだ。それなら、上の者から文句も出まい。流石《さすが》は差配《さはい》さん、これから村の若い衆に話して上手く纏《まと》めてみますだ。これで、久しぶりの除夜の鐘の件も、皆の要望に応えられましょう。ありがとうごぜえました」

と、村の若い衆も笑顔で戻って行った。

十二月も十日も過ぎると、彦丸の所に常光寺の年末年始の人出を当て込んで、各種の出店志望者が地割《じわり》を求めてやって来た。彦丸は前年通り、来た順に希望の場所を割り振り、地代はそこでの商売で得た利益の五分（五％）を入れる様にとの約束で割り振った。このやり方は、場所の良し悪しに関わらず、利益の有った中からの五分だったので、評判が良かった。

但し、今年は自分の家の前の場所は、彦丸包丁を実演付きで商うため、開けて置いた。其の為、診療所付きの賄《まかな》い人の菊さん、留さんに頼み、彦丸包丁を使っての魚を捌《さば》く特訓を受けた。

彦丸は自分が思っていた以上に魚捌きの難しさに苦戦を強いられたが、鰺《あじ》、鰯《いわし》の小物から、鯖《さば》、平目《ひらめ》、鯔《ぼら》など中型の魚まで、何とか手際よく見せて捌ける様に成って居た。

一方、海老沼翔は、何処の家も年末の用事が猫の手を借りたいほど有るだろうと考え、子供の手が使えるようにと、寺子屋を十五日迄で休みとし、正月休みも含め、来年の十日迄、休みとした。

そして、彦丸が、歳の市の包丁販売に間に合う様、屋台を作る事の手伝いを、翔は請け合っていた。

江戸の町の歳の市は、十二月の中頃より、それぞれの神社仏閣で始まり、順次に日を変えて各地で立った。

売られる品は、神棚に飾られるお宮、しめ縄、鏡餅の台、三方《さんぽう》、破魔矢《はまや》、お盆、瀬戸物は御神酒徳利《おみきとっくり》を始め、皿、茶碗、口取りなど。門松、橙、海老、昆布。羽子板、つく羽根、独楽や凧。餅焼き網、灰ふるい、火箸。塵取り、踏み台、箒、雪かき、桶、その他の勝手用品。花屋、植木屋など。

常光寺の歳の市は三十日と大晦日の二日だけだったが、各地で売れ残った品を、年内に売り払おうと業者が捨て値で売るため、安さが評判となり、大層な賑わいを見せた。

三十日の午後、人出が賑わいを見せ始めた頃、彦丸も彦丸包丁を売るため、屋台を出してその裏に立った。屋台の俎板《まないた》の上に大根、小松菜と昨夜仕入れてきた鰊《にしん》と鯵《あじ》、それと大ぶりの鯖《さば》が、丸のまま乗せられ、彦丸包丁を五本並べて、お客を待ったが、誰も寄り付かなかった。

この彦丸の屋台の不人気さを注目していた翔が、彦丸に一時、店を閉めさせ、彦丸を長屋の裏の人目に付かない場所に呼び寄せた。

「彦さん、何をやってんだい？　包丁を売るのに只、屋台に並べただけで、客が集まると思うかい？」

「いや、屋台で物を売るのは初めてなもので」

「いいかい。大道商人が物を売るためにゃ、先ず人集めをしなきゃだめだ」

「どんな風に？」

「どんな風にって？　大道商人を見た事無いの？」

「ない。個人の家に寄って商いをしていたから」

「しょうがないな。それじゃ、今日中に間に合わないよ。じゃあ、人集めは、俺が引き受ける。彦さんは竹藪へ行って、長さ二、三間ばかりの青竹を五、六本、長さはバラバラでいい。太さは一寸から三寸くらいまでの物を集めてくれ。それを屋台の前に置いておく。

それから、俺が大声を出して人集めを始めたら、菊さんと留さん、それと松おばさんにも集まってもらい、俺が芸を始める。後は俺の言う通り、三人が動いて呉れれば、他の客も一緒に彦さんの屋台を囲むことに成る」

「囲まれた屋台で私は何を？」

「後は彦さん、自分の出番でしょ。先ず、口上豊かに魚を捌《さば》き、大根はおばさんにでも、千六本に切ってもらい、切れ味の宣伝をして貰えば、いいじゃない？」

「それで売れるかな？」

「おいおい、彦さんらしくないね。それで売れなきゃ、こっちの負けさ。負けたからって、首を取られる訳じゃなし。その時はその時さ。よし、八つ半（午後三時）から始めるぞ。値段は二分。一文も値引きは駄目だぞ」

と、翔は陽気に言うと、支度をする為、自分の部屋に戻って行った。

刻限と成った頃、翔が彦丸の屋台の前に立った。身なりの拵《こしら》えは、木綿の鼠色の無地の着物に襷《たすき》掛け、縦縞の小倉の袴、大刀《たち》を一本腰に差し、裸足で袴の股立ちを高く取り、頭には純白の鉢巻きをキリリと締めて、右手で大刀を引き抜くと、これを高く振り上げながら、矢庭に大声を張り上げた。

「さあーさあー、これより皆さんに、抜刀術《ばっとう》の余興をお目に掛けよう。御用とお急ぎでない方はゆっくりと見ておいで」

彦丸は屋台の裏で、翔のやる事を見ていたが、翔の張り上げる大声に驚いた。

参道を歩いている人や、近所で遊んでいた子供達が翔の大声を聞いてぞろぞろと集まって来た。

翔は刀を一旦鞘《さや》に納め、細竹を手にするとその細竹の先で地べたに線を引きながら、

「さあーさあーこの線までこの線まで。これから本物の刀を振り回す。怪我があっちゃ大変だ。子供は前に出て来てしゃがみなさい」

と、彦丸の屋台を背に半円を書いて、客を上手に見物できるように導いてしまった。

「よーし、これよりここに抜いた大業物の試し切りだ。其処に居る坊や、歳は幾つだ？」

「十歳」

「十歳ならおじさんの手伝いは出来るだろう。其処に転がっている竹竿《たけざお》の中より、細めの竿を持って、此処に来てくれ」

手伝う様に声を掛けられた子が、太さ一寸、長さ二間ばかりの竹竿を手にすると、翔の側へやって来た。

「坊や、その竹竿が倒れない様に、地べたに胡坐《あぐら》をかき、しっかり持っていてくれ。ちょっと揺らすが、揺れない様に。抱きかかえても構わない」

と、ちょっと揺らしてみて、

「よーし。その調子。お立会いの皆さん、抜刀術は抜いた刀が直ぐに鞘へ収まる。お見逃しなきように」

と、一拍置いて、

「坊や、行くぞ。たあー」

と、言う気合諸共、竹竿が真っ二つに切れ、刀は鞘に収まっていた。斬られた竿の先の方が、カランとそこに落ちた。観衆は一瞬静まったが直ぐに拍手が巻き起こった。

「坊や、有難うよ」

と、子供を席に戻し、

「さあ、お立会いの皆さん。今位の抜刀術の使い手はいくらでもいる。今回は今使ったこの業物の優れた所を知って貰おうと、ちょいと技を見て頂こうという趣向だ。じゃあ、何処が優れ物かというように、先ず、刃物の良し悪しは使う鋼《はがね》に掛かっている。いくら切れ味が良くても、鋼に粘りが無ければ、硬い物を切った時に折れてしまう。そこで」

と、言って、今使った刀をヒラリと抜いて見せ、

「この業物が硬い物でも難なく切れると言うところをお見せしよう。おい、其処の若いお二人さん、力が有りそうだ。手伝ってくれ」

と、大人の二人に、

「その竹の中から一番硬そうなやつを選び、さっきの様に二人係りで立てて、押さえていてくれ」

若者が二人係りで膝を着き、竹に肩を付けて抱える様に押さえた。

「今度はこの太い竹を、左右に二度斬る。若い衆、力を入れて押さえてないと、首が落ちるぞ」

と、注意を与えて置いて、

「行くぞー。エイ、ヤア」

と、刀を右にすくい上げ、返す刀で左に下げ打つと、斬られた太い竹の切口も鋭く、二つが地面にカランコロンと落ちた。

「お兄さん方、ご苦労さん。お立会いの皆さん、これでこの刀の鋼の良さがわかって貰えたかな。この刀は江戸で三本の指に数えられる刀鍛冶《かたなかじ》が作り出した「小鉄」と言う名刀だ。

今、この刀を求めれば五百両は下るまい。だが、もうこの刀は手に入らない。どうしてか？　この小鉄という刀鍛冶は『もう、自分は、人切り包丁は作らない』と宣言してしまったからだ。余程嫌な事が有ったのだろうな。だが、幾ら名刀を作る刀鍛冶でも仕事をしなければオマンマの食い上げだ。そこで、小鉄名人曰く『これからは庶民に役立つ刃物を作りたい』とこの名刀の鋼を用いて作り出した包丁が、この屋台に並んでいる「彦丸包丁」だ。出刃要らずで魚が捌《さば》け、大根菜っ葉もスパスパ切れる。さあさあ、実演が始まるから見てお行き」

と、屋台で控える彦丸に渡せば、彦丸もすぐさま、

「さあさあ、使い勝手が良くて、よく切れる。出刃要らずで魚が捌け、これ一本で菜も切れる。そこのおばさん、切れ味試しにそこに有る笹竹を刻んでごらん」

と、松おばさんに包丁を渡すと、直ぐに笹竹を刻んで、

「あら、こんなに硬い竹でも難なく切れる」

「ちょいと、あたしにも、やらせて」

と、菊さんが、大根の千六本を切り、

「ちょいとお兄さん、この包丁で、鯖《さば》を捌《さば》いて見せてよ」

と、彦丸に包丁を渡せば、彦丸が、直ちに鯖の鰓《えら》から包丁を刺し入れ、頭を落とし腸を出し、身を三枚におろしてしまった。

「おい、その包丁、幾らするんだい?」

と、男のお客、

「へい、二分《にぶ》でござんす」

と、彦丸。

「高えなあ」

「ですが、さっきの竹を切っていた刀、二尺八寸の業物が五百両。あの鋼で拵《こしら》えた包丁だ。刀の創りを除いても、一寸、十五両はする鋼を使ってんだ。小鉄の親方の手前、負ける訳にゃ行きませんのでさあ。買って見て、気に入らなきゃ、後ろの小間物屋が私の家だ。何時でもお代はお返し致します」

「おお、おめえのその言葉が気に入った。一丁、貰って行こう」

と、自分で包丁を使う料理人らしく、威勢よく買って行った。そんな塩梅《あんばい》で、この日は六丁の彦丸包丁が売れた。

彦丸は翔に礼を言いながら、

「翔さん、あんな口上を何処で仕入れたんだい？」

と、訊くと、

「俺は江戸育ちで、ガキの時分から方々の縁日を見てきたから、見様見真似さ」

と、応え、

「明日も、もう一発やってみるか」

と、威勢よく言った。だが、その必要は無かった。

それと言うのは三十日に包丁を買って帰った人が、その使い勝手と切れ味の良さを、同僚や近所の人に言いふらして呉れた為か、大晦日《おおみそか》は、屋台を開けた途端に包丁を買い求める人が次々現れ、残りの十一丁の包丁も瞬く間に売り切れた。

翔は今日も抜刀術《ばっとう》を遣《や》るつもりで張り切っていたが、当てが外れ、昨日と同じ、木綿の着物を着て、縦縞の袴を履き、頭に鉢巻きをした姿で、彦丸の家で独り遣る瀬無く、茶碗酒を飲んでいた。

七　正月吉日

新年を迎えた江戸の元旦は穏やかで、いずれの神社仏閣も初詣の人出で賑わっていた。

二日、三日も好天に恵まれ、供を連れた年始廻りの旦那衆が人目を引いた。

四日は朝から、風は無くどんよりと曇っていたが、四つ（午前十時）頃より、チラチラと白いものが天から舞い降り始めた。

浅草花川戸の札差《ふださ》し、万家《よろず》の番頭、源兵衛はお供に町内の頭を連れ、本郷の得意先へ年始の挨拶を済ませて外に出た。降り出した小雪に、傘を持たず、草履《ぞうり》履きだった為、帰路を急いでいた。番頭は大事な得意廻りと見え、黒羽二重《はぶたえ》の紋付、袴《はかま》に麻裃《あさかみしも》の正装で、腰に脇差一本を挿し、町内の頭も絹の腹掛け、股引に足袋、麻裏草履を履き、絹小袖の上に万家の店の印を染め出した革羽織を着ていた。

二人は急ぎ足で湯島天神の森を右手に見る湯島切通し坂の上に差し掛かった。そして、坂の下から切通しを上ってくる武家に眼が留まった。

武家は立派な拵《こしら》えの駕籠《かご》から降り、傘は差さずに頭巾を被っていた。どうやら、この坂を上る駕籠人足の苦労を察し、駕籠から降りた様に感じられた。供をする侍は、塗り笠を被り、二本を腰に差していたが、上から合羽《かっぱ》を着て革足袋、草鞋履きであった。

空の駕籠を担ぐ人足の前を歩く主従は、ゆったりとした足運びで上ってくる。

万屋の番頭、源兵衛はこの立派な侍と坂の途中ですれ違う時、商売上の癖で、相手の身なり、拵えを見て、値踏みをしてしまった。

紺色ビロードの頭巾《ずきん》、一寸幾らという値段で売られるオランダ羅紗《らしゃ》の長合羽、二本の柄袋にもビロードを用い、模様の付いた革足袋に畳表の雪駄《せった》。

源兵衛は「はて、何方のご大身であろう」と、想像を巡らして行き過ぎた時、

「これ、其処へ行くのは、万家の番頭では御座らぬか?」

と、上から声を掛けられた。

源兵衛は、

「はい、万家の番頭でございますが」

と、返事をして振り向くと、すれ違った先のご大身が、源兵衛を見下ろしていた。源兵衛にご大身の見覚えはなく、訊き返した。

「誠に失礼とは存じ上げますが、どちら様で御座いましょうか？」

「お見忘れかな？　三間町さくら長屋に住まわって居た柳田格之進だ」

この名前を聞いた源兵衛は蒼白となり、震え出した。側に居た供の頭が、これに気が付き、番頭の肩を支えて、

「どうしたい？　番頭さん。顔色が真っ蒼だが、気分が悪いのかい？」

と、訊けば、

「あの、あのお方が、柳田格之進様だ」

と、震えながら答えた。頭は源兵衛が何と言ったかよく聞き取れず、

「誰だって？」

「暮れから探していた柳田格之進様だよ」

この言葉を聞いた頭が素っ頓狂な声を上げた。

「ええっ、あの十両の懸賞金の掛かった柳田様？」

「そうだよ」

「へえー。じゃあ、二人であの方を花川戸のお店へ、お連れして、十両を山分けって事で」

「馬鹿を云いなさんな」

この二人のやり取りを見ていた格之進が、

「これ、番頭、此処で逢うたのも何かの縁、この天神の境内に懇意にしている茶屋がある。初春の事でも有るし、其処で一献差し上げたいが、お付き合い下さらんか？」

番頭はちょっとの間、考えた。逃げ出す訳にはゆかない。そして有りのままを話そうと心に決めた。

「はい、只今。ちょっと支度をさせて下さいまし」

と、言うと、即座に裃《かみしも》と袴《はかま》を脱ぎ、それを丸めると脇差と共に頭に預け、

「頭《かしら》、これを持って一足先に帰っておくれ。大旦那には、ここで、柳田様に会った事を告げ、お誘いを受けて柳田様に付いいて行ったと言っておくれ」

「へい、それはよござんすが、懸賞金の方はどうなります？」

「馬鹿、そんな事は旦那に勝手に聞け」

と、源兵衛は震える足に言うことを聞かせ、格之進の側によると、

「お待たせを致しました。お供させて頂きます」

と、頭を下げた。

切通し坂を上り切った左手に、天満宮の鳥居が有り、それを潜った右手に、小体な杉皮葺きの屋根の付いた門構えが有り、中に檜格子の玄関が見えた。店の中へ入った格之進は、駕籠《かご》人足と供を玄関わきの小部屋に待たせ、自分と源兵衛は雪見障子の嵌《はま》った床の間付きの六畳間に通された。部屋の中は火桶《ひおけ》に炭が熾《お》きて居り暖かったが、障子を通して見る庭石と松の枝には白いものが少し積もっていた。

格之進は火桶の側に座ったが、源兵衛は障子の側から離れない。

直ぐに女中が酒と口取り肴を運んできたが、口を利かず、頭を下げただけで去って行った。

格之進が言った。

「番頭、其処は寒かろう。遠慮は要らぬ。火桶の前へ。初春である。先ずは一献参ろうではないか」

途端に源兵衛は畏まり、

「柳田様、その前にお話をして置かなければ成らない事が御座います」

「何の事で御座るかな?」

「去年の八月十五日…」

「いや待たれい。目出度い初春にその様な話は無用じゃ」

「いや、そうでは御座いませぬ。あの時紛失した金子《きんす》が出て来たので御座います」

「何と？」

「はい、先月十三日の大掃除の日に、離れの欄間《らんま》に掛けてあった富士山の額の裏より、あの晩の袱紗《ふくさ》に包まれた五十両が出てまいりました。その金子を見て旦那様が思い出しました」

「どの様な事を？」

「はい、旦那様の申すには、あの時私から受け取った五十両を持って厠《かわや》へ立った。だが、大事なお宝を不浄な場所に持ち込む事も憚られ、あの富士山の額の裏へ、ヒョイと置いて用足しに行った。しかし、用を足している間にも、碁の局面が気掛かりで、五十両の事はすっかり忘れ、すぐに部屋に戻り碁に夢中となり、其のまま金子の事は思い出すことも出来なかったと、申します」

「うーむ。すると、わしが持ち去った訳でない事が判明したと申すのか？」

「左様に御座います」

と、番頭源兵衛は平伏した。

「うーむ。今日と云う日は何たる吉日。外は雪でもわしの胸の内は日本晴れじゃ」

と、柳田格之進。暫く目を閉じ、無言であったが、

「番頭、ならば、あの時交わしたわしとの約束、忘れては居まいな?」

「はい、決して。そこで柳田様にお願いが御座います」

「何じゃ」

「私、御酒を戴いて居る場合では御座いませぬ。直ちに店へ立ち返り、主人に柳田様にお会いした事を伝えねばなりません。このまま、引き下がらせて頂けませんで御座いましょうか?」

「うーむ。ならば、わしは明朝四つに、花川戸の万家を訪れる。主人共々、よーく首の垢《あか》を洗って待っておれ」

「畏まりました。では、失礼をさせて頂きます」

と、万家源兵衛は、その場を辞去すると雪の切通し坂を転げる様に帰って行った。


一方、浅草花川戸の札差し、万家の主萬兵衛は、番頭源兵衛が、雪のチラつく中、殆ど足袋裸足で息を切らして帰って来たが、落ち着いて彼を迎えた。

と、言うのも、一足早く帰って来た町内の頭から、源兵衛が年始廻りを済ませ、帰り道の湯島切通し坂で、柳田格之進と出逢い、格之進に誘われ境内の茶屋に寄ったことを聴かされて居たからだ。

「番頭さん、大方の事は頭から聴いたが、先ずは着替えをして、私の部屋で温まろう。私は部屋を暖めて待って居りますから、先ずは落ち着いて、後の事の相談を致しましょう」

と番頭に話し掛けた。源兵衛は自分の身なりを整えようと部屋へ去った。

主人萬兵衛は奥の自分の部屋で番頭の冷えた身体を労わる事を考え、炬燵《こたつ》を入れ、脇の火鉢に掛かる鉄瓶からは湯気が立ち登り、美味しいお茶を入れて上げようと待っていた。

暮れの大掃除の日から、暫く、柳田格之進を見つけることに躍起《やっき》となっていたが、この頃は格之進と再会した後の事を考えていた。

「番頭のした事は、私利私欲で動いた事ではない。店の為を思い、主人大事と思えばこその行動だった事は理解できた。だが、自分は番頭に、他人を見る眼を持つ事の大切さを教え切れてなかった。言って見れば、他人の子を預かり一人前の大人に育てられなかった事は自分の責任だ」

と感じていた。

やがて、源兵衛が着替えを済ませ、主人の部屋にうなだれた姿でやって来た。

主は番頭を炬燵《こたつ》に招き、香りの立つお茶を進め、言った。

「お前から事情を聴いた柳田様は何とおっしゃっていた？」

「はい、『その事を聴いて、今日は自分にとって吉日である』と。そして『あの時、交わした約束を、忘れては居ないであろうな』と、おっしゃいました」

「うーむ。それでお前は何と答えた？」

「はい、決して。と、応えましたら『明朝四つ、万家を訪れる。主人共々、首の垢《あか》を洗って待って居れ』との事、その言葉を聴いて帰って来ました」

「いいかい。私の言う事なら、お前は何でも効いてくれるな？」

「はい」

「よし、今回の出来事は皆、私のしくじりだ。お前は全く悪くはない。今夜からでも、明朝からでもいい、お前は何処かに身を隠しなさい。後は私が何とかする」

「いいえ、それは違います。旦那様は柳田様の所へは決して行くなとおっしゃいました。それを押して、あたしが勝手に参ったので御座います」

「いや、そうでは無いのだ。お前は私の為、店の為を思ってして呉れた事。その前に私がお前に他人を見る眼、人間を見る眼を養わせなかった事は私の責任だ。この万家の将来をお前に託そうと思えばこそ、何処かへ身を隠してくれと頼むのだ。私は老い先短い身。だが、万家には奉公人は元より、色々な人が関わっている。この店を潰す事だけは避けたい。源兵衛、私の居なくなった後、誰がこの店を見てくれる。そこの所を理解して、どうか、身を隠しておくれでないか？」

主人の言葉を聴いた源兵衛は、下を向いたまま無言だった。萬兵衛は尚も優しく、源兵衛を諭し、自分の部屋に引き取らせたのだった。

正月五日の朝は昨夜迄の雪雲が去り、快晴だった。

四つ（午前十時）過ぎ、浅草花川戸の札差し、万家の店先に二騎の侍が到着した。二人とも塗り笠を被り、二本を手挟み、革のぶっ裂き羽織、馬乗り袴に革足袋で、戦に行く様な出で立ちで有ったが、落ち着いた行動を取っていた。

侍の一人は、言わずと知れた彦根藩江戸家老、柳田格之進、もう一人は側用人の佐々木一馬だ。

格之進が馬を降り、一馬に手綱と塗り笠、鞭《むち》を手渡すと、独り、万家の玄関へ入った。

玄関の上がり座敷には、この家の主、萬兵衛が独り平伏していた。身なりは白装束、そして言った。

「柳田様、お待ちを致して居りました。どうぞ、奥へお通り下さいませ」

と、主、自ら案内をして、奥の床の間付きの八畳間に、格之進を案内した。部屋は隅に火桶《ひおけ》を置き暖められていた。

格之進は、床の間の前の座布団には座らず、床の間を背に仁王立ちであった。その前に、畳に両手を着き平伏をした萬兵衛が言った。

「柳田様、私のしくじりで、長い事不愉快な思いをお掛けしてしまい、誠に申し訳御座いませんでした。今日は、私共、万家主従の御成敗にお運びを頂き、何と申し上げたらよいのか、言葉が御座いません。

萬兵衛、源兵衛、元より覚悟は出来て居りますが、一つだけお願いが御座います」

「申せ」

「名月を愛でた翌朝、五十両の紛失に気が付き、柳田様のお宅へお伺いし、お尋ねして見ろと申したのは、私、萬兵衛で御座います。源兵衛は主の命令に従っただけ。で、御座いますから、私の首、一つだけで、ご容赦をお願い出来ませんでしょうか？」

と、言った途端、番頭源兵衛が普段着のまま廊下より飛び込んできて、格之進の前に両手を着き、顔を見上げ、

「それは違います柳田様、士、萬兵衛は『柳田様は他人の金子《きんす》を黙って持ち帰る様な方では、決っしてない。だから決っしてお宅へは行くな』と、おっしゃいました。それを曲げてあたしは行ったのです。ですからあの時のお約束も全てあたしの一存で約束させて頂いた事。主人に関わりは御座いません。どうか、あたしの首一つだけで」

「黙れ、見苦しいぞ。いいから床の間を背に、二人並んでそっ首をだせ」

と、格之進が大きくはないが重々しい声で言った。萬兵衛は小さな声で、源兵衛に言った。

「こうなったら、覚悟を決めましょう。お前も万家の番頭、二人で立派に最後を遂げましょう」

と、畳の上に一尺の間隔を取って、床の間を背に畏まり、両手を着いた。

二人の前に立った格之進、一呼吸あって、

「覚悟」

と、言った。そして大刀《たち》を抜き、大上段に構える。一呼吸、一歩踏み込んでダアーと叫

んだ途端、真向に振り下ろした。

床の間に置いてあった碁盤が、真っ二つに割れ、碁笥《ごけ》から飛び出した白と黒の碁石が、バラバラっと畳の上に散らばった。

このあり様に気が付いた萬兵衛が、両手を畳に着いたまま首をあげ、

「柳田様、お手元が狂いましたか？」

と、尋ねれば、

「何の、わしの手元に狂いは無いわ。あの碁盤の為に今回の悲劇が起きた。だから、碁盤を成敗してくれたわ。また、今日のこの事で、万家主従の気心を知り、二人の首を取ったからと言って、世の中の何の役に立とう。依って二人の命は助命致す。万家、精々世の為、人の為に成るように、仕事に励めよ。言って見れば、あの事件が有って後、わしの運勢が好転し、今では、彦根藩江戸家老の任に有るわ。これもまた縁、何かあれば訪ねて参れ。然らば此れにてご免」

と、クルリと背を向けた。

「柳田様お待ちを。今の私に言葉は御座いませんが、お預かりをしております五十両は…」

と、萬兵衛が言えば、

「おお、左様であったわ。あの五十両は、東本所に立花村という村が有り、そこに日蓮宗の常光寺という寺が有る。ひどい貧乏寺だが、其処が私の墓が有る寺でのう。後日で構わんが、わしの名で寄進をして置いてくれ。出来れば、万家からも幾らか寄進が有れば有り難い。よろしく頼む」

と、言って玄関へ向かった。

外には佐々木一馬が馬を引き、待っていた。格之進、直ぐに支度をすると、馬上の人となり、二騎が去って行った。

一方、暮れから正月にかけ、立花村は常光寺を中心に、何時にない人出を見せた。

除夜の鐘を突く人は、整然と並び、突き終わると寺からの供与として、小さくは有るが、紅白の饅頭《まんじゅう》が貰えた。誰が言い出したのか「この饅頭を仏壇に供物として備えると、今年一年、福が舞い込む」と伝播《でんぱ》され、行列が途切れず、順番の整理に当たっていた村の若い衆に渡す分の饅頭がなくなる始末だった。

お陰で常光寺に上がった賽銭《さいせん》の量は去年の大晦日の倍は有ったと噂された。

正月三が日の出店の売り上げも、好天に恵まれ、場所代として納められる、お礼の金額も二割がた増えたと、彦丸は言っていた。

彦丸自身の彦丸包丁は、暮れの内に売り切れ、正月に入ると、彦丸の小間物屋に次々と予約の注文が入り、出来上がりを手渡すには、三カ月の猶予が必要になると説明して、予約を受ける始末だった。


立花診療所は元日だけ休み（勿論入所患者と急患の為の担当者は置き）二日目から、通常の診療を続けていた。

今日五日は、村の若い衆の正月休みで、昼過ぎから、常光寺の庫裏《くり》で、慰労会が催うされる事に成って居た。若い衆は大晦日の人出の整理から、三が日の縁日で、事件、もめ事の起きない様、彦丸と相談の末、非常に上手に働いてくれた。お陰で彦丸は香具師《やし》の元締めに成った様な気分を味わった。そんな訳で慰労会は彦丸の発案で行われる事となり、だが、彦丸は一切顔を出さずに費用は彦丸が負担する事に成って居た。

実質、三が日の休みが無かった診療所の方も、五日の午後は半休として、正月休みを関係者一同で食堂において行うことに成って居た。

診療所の食堂に最初に集まって来たのは、五郎、市蔵、亀吉の三人で、彦丸と翔が続き、春と松おばさん、最後に良庵先生と絹が入って来た。この間、賄《まかな》いの菊と留は、調理場から料理、飲み物を運び、大忙しだった。

食堂にこの大家族が集まり、皆が席に着いた所で、良庵が立ち上がり、

「皆さん、診療所は正月休みも無く、皆さんに働いて貰い、本当に有難う」

と、挨拶すると、市蔵が、

「おいらは、毎日遊んでばかりいたぜ」

と、言った。すかさず翔が、

「子供は怪我なく遊ぶのも仕事の内だ」

と、窘《たしな》めると、大人一同が笑った。良庵が続ける。

「特に、菊さん、留さんには、今日のこの会の料理まで手掛けてくれて、誠に申し訳ない。近々、手を増やして、代わり代わりに休みの取れる様にと考えています。もう少し頑張ってください。付いては、菊さん、留さんに此処でお礼の印として、金一封を差し上げたいと思います。些細ですがお好きな物でも買ってください」

と、良庵から菊と留に熨斗紙《のしがみ》に包まれた現金が送られ、皆の盛大な拍手を浴びた。

この時、診療所の玄関に馬の蹄《ひづめ》の音がして止まった。

彦丸が慌てて出てみると、柳田格之進と佐々木一馬が馬から降り立つ所だった。

彦丸が、

「柳田様、何か火急のご用事でも？」

と、問えば、

「いや、昨日と今日は誠に吉日、吉日。先ずは絹を呼んで貰えぬか？」

と、手綱を一馬に預けつつ、笑顔で言った。

彦丸が、直ぐにお絹さんを呼ぶと、格之進は乗馬のいで立ちのまま、空き部屋を乞うた。

そして、誰もいない診療室へ三人で入ると、

「絹、彦さん、聴いて呉れ。あの金が出たぞ」

と、唐突に話し出した。

「お父様、落ち着いて、順序立ててお話し下さいませ」

と、娘に窘《たしな》められ、

「おおそうであった。実はな、去年の十五夜の晩、万家で紛失した五十両の金が出て来たのだ」

と、笑いが止まらないと云う顔で言った。

「お父様、何時、何処で、何が起きたのか、はっきりお伝え下さいませ」

と、また、娘に叱られて、格之進は要約落ち着き、暮れの万家の大掃除の時に離れの欄《らん》間《ま》に掛けてあった富士山の額の裏から五十両の金が出て来た事、そして、昨日と今日の出来事を、順序立てて話して聞かせた。

静かに話を聴き終えた絹が、一変、鋭い声で、

「して、その後、お父様は、万家主従を、キッチリ御成敗なされたので御座いますか？」

と、絹から問われた。

格之進は下を向くと、小さな声で、

「それがな、わしには二人を斬ることが出来なかった」

「あれ程迄の屈辱を受け、私迄、泥水に身を沈めようと覚悟を決めたのになぜ？」

格之進は下を向いたまま、

「絹、そう怒るな。今朝、万家へ乗り込み、成敗して呉れようとしたが、白装束の主が独り、控えているだけ。主、曰《いわ》く『番頭は主人の命令で、柳田様のお宅へ押しかけただけ。全ては自分の責任であるから自分一つの首で勘弁して呉れ』と言う。其処へ番頭が飛び込

んできて『主人は、柳田様は他人の物を黙って持ち帰る様な人では決してない、だから、お宅へは押しかけるなと、言うのを、自分の一存で参りました。もし、間違がった時は主人共々二つの首を差し上げますと、言ったのも、あたしの一存、主人は全く関わりないので、あたしの首一つで、ご勘弁を』と、容赦を乞うた。だが、わしは『勘弁ならん』と、二人を床の間を背に座らせ、首を撥ねようとした時、床の間に置かれている碁盤が眼に止まった。そして、あの碁という勝負事が今回の間違いの元だと、気が付いた。すると、今までの怒りが急に解け、碁盤が憎くなった。そしてその時、二人の首を取ったとて、何処に何の益が有ろうと考え着いた。そこで床の間の碁盤を叩き切り、二人を助命致す事にした」

この格之進の行動の経緯を聴いた絹は、暫し沈黙していたが、やがて父に顔を向け、

「お父様、それでようございました。お父様が町人の首を取ったからと言って何の手柄に成りましょう。また、生身の人を斬り殺して、いい気分に成れる訳はなし、むしろ、嫌な気分が付きまとうに決まっています。絹はお父様の気が晴れましたなら、それで満足です」

と、絹は優しい言葉で言った。

「おお　絹に私の気持ちが分かって貰えて、私の気分もスッキリした。有難う」

　そして、側で一部始終を聴いて居た彦丸に、

「彦さん、今、聴いて貰った事で全てが解決した。だが、この話は此処だけの話と言う事にして置いて貰えないだろうか？」

「分かって居ります。他言は致しません」

「有難う。今回の事、娘と彦さんに早く報告したくて、万家から真っすぐ馬で飛ばしてきたわ。喉が渇いた。彦さん、わしにも一杯飲ませて呉れぬか？」

「そう来なくちゃあ格さん。じゃあ、一馬さんもお呼びしましょう」

　と、彦丸は、絹に格之進の馬装束を解くのを手伝わせ、自分は一馬を呼びに行った。


　診療所の食堂は既に皆、満腹の体で、雑談に花が咲いていた。

　其処へ、彦丸と絹に続いて、格之進と一馬が入って来た。いち早く、格之進に気付いた翔が、

「これはご家老、明けましておめでとうございます」

「おお、海老沼、おめでとう。だが、此処でご家老は困るぞ。ここでは格さんで通ってお

る。格さんと呼んでくれ」

「それは困ります。では、柳田様で」

其処へ彦丸が、

「皆さん、お馴染みの柳田先生にお越し頂きました。柳田先生は、今は彦根藩江戸屋敷のご家老という重要な役割を担って居られますが、此処へ来た時は柳田先生と呼んでくださ い。お隣は佐々木一馬さん、先生の仕事のお手伝いをしている方です」

と、説明すると一同が拍手で迎えた。

格之進が良庵の隣の席に着き、一馬が翔の隣に座った。直ぐに絹が二人の前に湯飲みを置き、五合徳利《とっくり》を差し向けると、格之進は受けたが、一馬は、

「私は形だけで」

と、側に有った杯を手に取った。

彦丸も杯を手に取ると、言った。

「皆さん、今日は思わぬ形で、我々一族と言ってはなんですが、旧知の人が参加してくれて、楽しい新年会と成りました。良庵先生の音頭で改めて乾杯を致しましょう。先生、お願いします」

「今年のお正月は大晦日から、この村へ来て以来の穏やかな、そして、人出の多い、いいお正月に成りました。このまま良い歳に成りますように願って、乾杯」

一同が杯を干すと、隣同士で話が弾んだ。

格之進が良庵に話し掛けた。

「先生、診療所の経営はどうです？」

「はい、今の所、重病の患者も居りませんし、のんびりやってますが、只、気掛かりな事が一つ」

「何です、気掛かりな事とは？」

「五郎君何ですがね」

「五郎が何か？」

「いや、確かこの二月で満十歳だと聞きましたが、なかなか頭のいい子でしてね。翔先生も他の子供と一緒の授業じゃ可哀そうだと、私の部屋の本を読みなさいと、寄越すんです。私も仕事が有りますから、自由に好きな本を読ませて、解からない字や理解できない事は何でも聞きなさいと言ったんです。すると、私の手隙の時や、昼休みに良く訊きに来るんですわ。最初はこの子、医学に興味が有るのかなあ、位に思ったんですが、そのうち、字句の解釈だけでなく『どうして、そうなるんですか』と訊くようになったので『お前、医者に成りたいのか』と訊いたら『成りたい』と答えました。『どうして』と訊くと『人が病気や怪我で苦しむのが、直せるなら、直してやって、みんな、楽しく暮らしたほうが良いから』と、言うんです」

「ほう、私も短い間だったが、一緒に居て、あの利発な所が気になった子なんだが」

「だが、私の医療のやり方では、彼を長崎へ遣る費用はとても出来ない」

この言葉を聴いた格之進、腕組みをして黙ってしまった。暫くして言った。

「どうだろう先生、私が五郎を養子として迎え、彦根藩の藩校に入れ、其処から藩医の養成の為官費で長崎へ遊学させる、という案は如何でしょう」

「柳田さん、随分大胆な案ですが、それは、当人の意思が第一、それと彦さんの意見も」

「それはそうだ。じゃあ、今、皆の居るこの場で五郎や皆の意見も聴いてみよう」

と、格之進は話を進めてしまった。格之進は手を叩いて、

「皆さん、ちょっと耳を貸してください。これから私の言うことは酒の上で言う訳ではありません。どうしても聞いておきたい事が有るのです。突然だが五郎君、君は将来どんな職業に就きたいと思っているかね」

突然名指しをされた五郎だったが、其処はそこ、

「将来は良庵先生の様な医者に成りたいです」

と、はっきり答えた。

「医者に成るには、大変な勉強と費用が掛かるが、成れるかね？」

「良庵先生にお願いして、お手伝いをさせて頂きながら、勉強も致します」

「苦労を承知でも成りたいかね」

「成るつもりです」

「うーむ。十歳でそこまで決めているのは偉い。どうかね、柳田格之進の養子に成るというのは」

「私は町人です。武士に成れる訳も無いし、侍にも成りたく在りません」

「いや、町人でも親が無くても養子には成れる。だが、侍に成れとは言わん。彦根藩の藩校へ入学し、勉学を積んで、藩の医者に成るために長崎の学校へ遊学する。見事医者に成れたら、藩の医師と成るも良し、また、この村に帰って来て、良庵先生の後継者と成っても良い。どうかね？」

五郎は黙り込んでしまった。

「親代わりの彦さんはどうおもうかね？」

と、格之進が彦丸に尋ねると
「それは、五郎の気持ち一つです」

と、答えた。格之進は、

「そうだよな。こんな大事な事の答えは、直ぐに出来る訳がない。何時でもいい。彦さん答えが出たら知らせてくれ」

と、この話はひと段落。すると今度は良庵が、

「柳田様にお願いが御座います」

「ほう、良庵先生が、私に願いとは？」

「お嬢さんの絹さんを、私の嫁として頂けないでしょうか？」

此れには、一同、シーンとして良庵と格之進の顔を見つめてしまった。格之進が渋い顔をして、

「先生、それはまた、何時から？」

「今の今まで、口に出して言った事は有りませんし、態度で示した事も有りません。絹さんが、此処にいらして、松おばさんから、私の助手の仕事を引き継ぎ手伝いをしてくれて

いた間の五カ月、絹さんの患者に接する態度、仕事をこなす手早さ、余計な事は言わない振る舞いと優しさを見ていて、好感を持っていましたが、最近になって、こんな人が一生の伴侶《はんりょ》と成ってくれたらなと、考える様に成りました。ですから、今初めて、皆の前で口に出し、お聞きするのです。お父様と致しましては、こんな貧乏医者では駄目でしょうか？」

柳田格之進、暫し言葉が無かったが、ややあって、

「それは、娘の心次第」

と、娘に眼を遣れば、絹はにっこり笑って、

「お父様のお許しさえ頂ければ、喜んで」

と、答えた時、満場割れんばかりの拍手が巻き起こった。良庵、立ち上がって頭を下げると、

「もう一つ、お目出度い話です。まだ、春さんは彦さんに話して居ないようですが、この夏に彦丸さんのお子さんが誕生致します」

と、良庵が宣言した。

この言葉を聴いた彦丸は、一瞬動けなかった。それから、食膳に置かれた炒《い》り豆の入っ

た笊《ざる》を手に取ると

「万歳、万歳！」

と叫びながら、外へ駆け出して行った。

常光寺の広場で、彦丸は踊る様な仕草で豆をまき、屋根から枝から舞い降りて来た鳩たちに囲まれ、幸せいっぱいで、天にも昇る心地だった。

それから、五年後の立花村の様子を覗いて見よう。

彦丸は、相変わらず何でも屋の小間物屋と村の差配《さはい》を任され、春との間に誕生した女の子は夏に生まれたので、「なつ」と名付けた。

春も村の女子に裁縫を教え、立派な先生に成って居た。

良庵と絹の間にも男のが生まれ、両親が診療所の仕事で忙しいため、専ら松おばさんが孫の様に面倒を見ていた。

五郎は柳田格之進の養子となり、今、長崎に留学中、市蔵は物づくりが好きで、政五郎棟梁《とうりょう》の弟子と成って居た。亀吉は、西念和尚に可愛がられていたが、僧侶に成ると言い出し、柳田格之進の口利きで、身延山久遠寺で修行僧と成って居る。

海老沼翔は彦根藩籍を捨ててはいないが、立花村で午前中は寺子屋の教師を続け、午後は村に自ら作った風呂屋の経営に当たっていた。

この事は、江戸生まれで、風呂好きな彼が、村に共同浴場の無い事に気付き、名主と彦丸の協力を得て作った、新式の風呂屋だった。旧来の風呂は蒸し風呂が主流だったが、翔は浦安から船大工を呼んできて、人が四人は入れる湯船を作り、他に湯船の湯をうめる水桶と上がり湯の桶を備え、洗い場は簀《す》の子《こ》板にした為「広くて清潔、楽しく入れる」と評判を取り、脱衣場も有った為、人気を博していた。

湯を焚く焚き木集めは、彦丸が昔取った杵柄《きねづか》で伝授し、寺子屋の年長組がこずかい稼ぎで、ちょくちょく手伝ってくれていた。

賄《まかな》いの菊と留は通いの若い子が二人来るので、料理作りを教えながら、楽しそうだった。

もう一人、彦丸が新しく拵《こしら》えた仕事場付きの長屋に、与太さんと呼ばれる彫り物師が居た。歳は二十二歳位の独り者で、十三の時から政五郎棟梁の元、下働きとして、使われていたが、知的障害者だった。だが、言われた仕事はきちっとこなすが、のろい。魅せられた彫刻、仏像を見つけると、何時までも何日でも見続ける。だが、欄間《らんま》の飾り彫刻は、動植物、風景と何でも見事に作り、仏像の作品は、見る人がうっとりさせられる程の出来栄えだった。但し、気分が乗らなければ、仕事に掛からないし、作っても自分が納得しないと引き渡さないと云う厄介者だった。

　この天才彫刻師を彦丸がこの長屋に住まわせた。と、言うのは、二年前、与太が自分の住まいの店賃《たなちん》を家主に払わなかった為、家主が与太の道具箱を取り上げた事件があった。この事は、身元保証人の政五郎が、忙しさにかまけて、与太の面倒を見てやらなかった事が発端で起きた事だったが、気の短い政五郎が、与太から家主に道具箱を取り上げられた事を聴き、家主に暴力を振るった為、裁判沙汰となった。幸い、家主の行為は度が過ぎると、裁決が下った為、政五郎に御咎《おとが》めは無かった。この事件を聞き及んだ彦丸は、彫り物の名人与太に、思う存分、自由に仕事をさせたい為、生活の面倒は全て見ると言う約束で、政五郎の了解を得て、立花村の彦丸長屋に迎えたのだった。勿論、政五郎の持ち込む注文を優先的に作ると言う約束だったが、相変わらず気が向かなければ仕事に掛からない与太の作品は何時も品薄状態で、政五郎を困らせた。

　何時だったか、彦丸が与太を常光寺の本堂に連れて行き、ご本尊の無い事を説明した。すると、与太が、

「自分が作るが、仏様なら何でもいいか？」

と、訊かれ、彦丸は、

「与太さんに全てを任せる」

と、答えた。それから十日程して、十年前にこの地を開墾した時、十五人がかりで掘り起こし、畑の脇に放り出されていた大きな桑の木の根っこを、与太が見つけ「使っていいか?」と、訊くから「どうぞ」と、答えた。

与太は、その乾き切った桑の根で、ご本尊を作ると言う。

彦丸は、何時出来上がるか分からない、常光寺のご本尊が、与太の手で、あの桑の根から誕生する事を楽しみに待っている今日この頃だった。

完

著者略歴

金原亭伯楽（きんげんてい・はくらく）

昭和十四年二月　横浜市生まれ
昭和三十六年三月　法政大学法学部卒
　同年四月　故十代目金原亭馬生に入門、
　　桂太を名乗る
昭和四十八年九月　桂太のまま真打
昭和五十五年三月　初代金原亭伯楽となる
平成十八年十二月　芸術祭賞演芸部門優秀賞受賞
著書に『小説・落語協団騒動記』
『小説・古今亭志ん朝』
『落語小説・江島屋』
『落語小説・宮戸川』

落語《らくご》小説《しょうせつ》・柳田格之進《やなぎだかくのしん》

平成二十九年四月一日　第一刷

著　者　金原亭伯楽
発行者　奥田　洋子
発行所　本阿弥《ほんあみ》書店
東京都千代田区猿楽町二―一―八　三恵ビル
〒一〇一―〇〇六四
電話　（〇三）三二九四―七〇六八（代）
振替　〇〇一〇〇―五―一六四四三〇
印刷・製本＝日本ハイコム
定価はカバーに表示してあります。

ISBN978-4-7768-1299-9　C0095　Printed in Japan